Gudrun Heller

Lehrjahre

Roman

Bibliografische Information der Deutschen Nationalbibliothek: Die Deutsche Nationalbibliothek verzeichnet diese Publikation in der Deutschen Nationalbibliografie; detaillierte bibliografische Daten sind im Internet über www.dnb.de abrufbar.

© 2015 Gudrun Heller
Herstellung und Verlag:
BoD - Books on Demand, Norderstedt

ISBN: 9783734779008

Inhaltsverzeichnis

1. Das erste Jahr   S.   5
2. Frühlingserwachen   S. 41
3. Crescendo   S. 67
4. Höhenwanderung   S. 117
5. Der Abstieg   S. 148
6. Eiszeit   S. 189
7. Der Weg in die Freiheit   S. 234

Nach einer wahren Begebenheit.
Alle Namen sind frei erfunden.

1

Das erste Jahr

Sie war Anfang 27, hatte ein Wirtschaftsstudium gerade so eben bestanden und war schon nach einem Jahr aus ihrer ersten Stelle bei einem Versicherungsunternehmen geflogen.
Keine guten Voraussetzungen, um einen neuen Arbeitsplatz zu bekommen. Sie hatte schon dutzende von Bewerbungen geschrieben und die Absagen häuften sich mittlerweile auf ihrem Schreibtisch.
Als sie wieder einmal die Samstagszeitung auf der Suche nach einer Stelle durchblätterte, fiel ihr ein Einzeiler auf: Büroanfängerin gesucht.

Sie hatte zwar schon ein Jahr lang als Sachbearbeiterin bei einer Versicherung gearbeitet, aber das war wohl zu wenig, um von Büroerfahrung zu sprechen. Also rief sie Anfang der nächsten Woche dort an und stellte kurz ihre Qualifikationen vor. Am darauffolgenden Wochenende fand sie die Mitteilung auf ihrem Anrufbeantworter, dass man es mal mit ihr versuchen wollte und sie sollte am kommenden Montag zum Vorstellungsgespräch kommen.

Die Firma Officetec war eine Import-Export-Firma im Bereich der Bürotechnik mit Sitz in einem Hagener Gewerbegebiet. Damals wohnte sie in Hagen und so hatte sie keinen allzu langen Weg mit dem Auto zurückzulegen. In dem Gewerbegebiet waren vorwiegend kleinere, noch inhabergeführte Firmen ansässig. In vielen der Gebäude befand sich im oberen Stockwerk die Wohnung des Geschäftsinhabers, so auch bei Officetec.

Sie parkte ihr Auto bewusst auf der gegenüberliegenden Straßenseite und nicht auf dem Firmenparkplatz. Schließlich war sie noch keine Mitarbeiterin und sie wusste, manche Chefs waren in dieser Hinsicht sehr empfindlich.
Mit mulmigem Gefühl stieg sie aus dem Auto und betrat das Empfangsbüro.
Im Eingangsbereich arbeitete eine ältere Dame hinter der Empfangstheke. Sie hatte anscheinend noch keine Notiz von ihr genommen.
Sie räusperte sich.

„Guten Tag, mein Name ist Paula Römer. Ich bin zu einem Vorstellungsgespräch bei Herrn Brauer eingeladen worden."

Die Frau hinter der Theke schaute nur kurz von ihrer Arbeit auf.
„Einen Moment noch bitte", antwortete sie mürrisch und wies mit dem Kopf in Richtung eines kleinen Glastisches mit zwei Stühlen. Paula setzte sich. Sie nutzte die Wartezeit, um sich umzuschauen.
Vom Empfangsraum aus konnte man zwei weitere Büros sehen, deren Wände zum Empfangsbereich hin verglast waren, so dass das Gefühl entstand, in einem Großraumbüro zu sitzen.
Von einem der beiden Räume stand die Tür auf. Eine blonde, langhaarige Frau tippte dort gerade am PC. Sie trug einen Minirock und hochhackige Schuhe. Anscheinend arbeitete sie für die Empfangsdame, denn jetzt kam sie mit einem Schriftstück zu ihr.
„Frau Hansmann, können Sie das bitte noch unterschreiben?", bat sie die Frau hinter der Theke.
„Ja, sicher, Frau Orlowski", antwortete diese freundlich und nahm das Papier entgegen.
Es war beruhigend, dass sie auch freundlich sein konnte.

Nun ging die bisher verschlossene Tür des anderen Büros auf und im Türrahmen erschien ein untersetzter Mann, der wohl so um die 60 Jahre alt war.
„Frau Römer?"
Sie nickte.
„Kommen Sie doch bitte herein."

Sie setzte sich ihm gegenüber an den Schreibtisch und er stellte sich als Herr Brauer vor, Geschäftsinhaber der Firma Officetec. Er befragte sie noch einmal kurz nach ihrem Lebenslauf und teilte ihr dann kurz mit, dass sie 40 Stunden in der Woche arbeiten müsste und ihr Anfangsgehalt 1.500 € betrug. Das war nicht gerade üppig, aber sie hatte ja leider keine große Wahlmöglichkeit.
Im Laufe des Gesprächs kam noch ein jüngerer Mann hinzu, der sein Sohn war.
„Sie werden hauptsächlich für ihn und Frau Hansmann arbeiten", erklärte der Senior.
„Wenn Sie die Stelle annehmen, können Sie gleich nächsten Montag anfangen."
Sie nickte und strahlte.

Endlich wieder ein Job für sie.

Am nächsten Montag führte sie der Juniorchef als erstes durch die Firma und stellte ihr die anderen Mitarbeiter vor. Sie erfuhr, dass Frau Hansmann als Chefsekretärin für den Seniorchef arbeitete und Frau Orlowski hauptsächlich für die Ablage zuständig war. Aber sie würde Paulas Vertretung übernehmen, wenn sie krank oder im Urlaub war.

Vom Empfangsraum, den sie ja bereits kannte, führte er sie durch eine dritte Tür durch einen kleinen Zwischenraum, in dem die Kaffeemaschine stand, zu einem weiteren Büro, in dem hauptsächlich Frau Orlowski arbeitete.
Hier befand sich der Hauptteil der Ablage. Nur die Rechnungsordner waren im Raum vorne neben Frau Hansmann untergebracht, in dem sie zusammen mit dem Buchhalter arbeiten würde.
Von Frau Orlowskis Büro musste man ein Stück durch das Lager gehen, wollte man zu dem letzten Raum gelangen, in dem die Verkaufs- und Einkaufsangelegenheiten bearbeitet wurden und in dem auch der Juniorchef seinen Platz hatte.

Der Juniorchef begleitete sie zurück in das vordere Büro mit der offenen Tür, in dem sie von nun an arbeiten würde. Direkt ihr gegenüber saß der Buchhalter Herr Pleigur, der ebenfalls heute seinen ersten Arbeitstag hatte.
Man wies sie eindringlich darauf hin, dass die Tür immer offenzustehen hatte. Frau Hansmann würde also jedes Wort hören können, das hier gesprochen wurde.

Der Juniorchef gab ihr mehrere Kassetten, die sie über ein Diktiergerät abzuhören hatte. Auf ihnen erteilte er ihr die verschiedensten Arbeitsanweisungen oder diktierte Schreiben, die sie mit Hilfe des Computers zu verfassen hatte. Die fertiggestellten Schriftstücke hatte sie ihm dann in einer Unterschriftsmappe vorzulegen.

Aber kaum hatte sie mit dem Abhören der Kassette begonnen, hatte sie auch schon Fragen über Fragen. Wie wurden die Schreiben gespeichert, wo war der Drucker? Wo wurden Lieferscheine und Aufträge abgeheftet? Wie legte man im Computer einen Auftrag an, etc, etc. Dauernd musste sie zu Frau Hansmann gehen und sie mit ihren Fragen löchern. Woher sollte sie das auch alles wissen? Sie hatte ja noch nicht einmal einen Abschluss als Bürokauffrau.

Ihrem Kollegen, Herrn Pleigur, ging es nicht viel anders. Auch er war zur Einarbeitung dringend auf die Hilfe von Frau Hansmann angewiesen. Aber je mehr die beiden sie fragten, umso verschlossener und abweisender wurde sie.

„Das müssen sie schon selber wissen", entgegnete sie den Neuen oder „Ich habe jetzt keine Zeit."
Und der Berg von zu erledigenden Aufträgen auf Paulas Tisch wurde immer größer.

Seltsamerweise hatte Frau Hansmann aber genug Zeit, sich vor dem Tisch von Paula aufzubauen und elend lange über private Angelegenheiten zu tratschen. Paula war das unangenehm. Diese Frau war ihr nicht gerade sympathisch und außerdem hatte sie jede Menge an Arbeit zu erledigen.
Aber sie wollte nicht unhöflich zur Chefsekretärin sein und so ließ sie ihre Vorträge über sich ergehen. Vielleicht war sie dann ja etwas umgänglicher in punkto Hilfe.

Diese Hoffnung erwies sich jedoch als falsch.

An ihrem dritten Arbeitstag stiefelte Frau Hansmann in das Büro des Seniors, schloss aber die Tür nicht richtig.
Paula konnte nicht alles verstehen, was gesagt wurde, hörte aber noch den letzten Satz des Chefs: „Na ja, sie ist ja erst drei Tage bei uns."
Es war klar, dass über sie gesprochen worden war.
Als der Chef wieder unterwegs war, fragte Paula Frau Hansmann direkt, ob der Chef sich über sie beschwert habe.
„Nein", erwiderte diese ohne mit der Wimper zu zucken, „*ich* habe mich über sie beschwert. Sie sind mir zu langsam."
„Na, dann ist es ja nicht so schlimm", meinte Paula leichthin.

Frau Hansmann zuckte mit den Augenbrauen und sah sie spöttisch an. Paula hatte noch nie als Bürokauffrau gearbeitet und unterschätzte daher völlig den Einflussbereich einer Chefsekretärin.
Aber eins war ihr auch damals schon bewusst – diese Frau wäre sie lieber heute als morgen los und sie hatte von ihr keine Hilfe zu erwarten.
Auch ihr Kollege konnte ihr nicht helfen. Er war ja ebenfalls neu hier und hatte selbst mit der Einarbeitung in die Buchhaltung zu

kämpfen, die er mit einer Teilzeitstelle in den Griff bekommen sollte. Die Bearbeitungsrückstände waren enorm, hatte doch Frau Hansmann vorher die Buchhaltung als vorübergehende Vertretung neben ihrer eigenen Arbeit erledigt – oder eben auch nicht.

Kaum ging Herr Plaigur mittags nach Hause, setzte sich auch schon Frau Hansmann an seinen Platz und kontrollierte alles, was er gemacht hatte. Dabei stöhnte sie Paula vor, wie viele Fehler der Neue machte und dass er die ganze Sache einfach nicht in den Griff bekam. Paula war schnell klar, sie wollte nicht nur sie sondern auch den Buchhalter loswerden.

Genau, wie sie in seinen Unterlagen nach Fehlern suchte, würde sie es nach ihrem Feierabend auch bei ihr machen. Denn Frau Hansmann blieb grundsätzlich noch nach dem eigentlichen Dienstschluss in der Firma und hatte so ausreichend Gelegenheit dazu. Ohne Hilfe würde Paula in einem derart feindlichen Umfeld nicht lange überleben, das war ihr klar. Aber wen könnte sie um Unterstützung bitten?

Sie versuchte es mit dem Verkaufssachbearbeiter, aber der winkte ab.
„Damit kenne ich mich auch nicht aus", erwiderte er lapidar auf ihre Fragen.
Den Juniorchef, geschweige denn den Seniorchef, konnte sie schlecht belästigen.

Also ging sie in ihrer Not zu Frau Orlowski, die erstaunlich gut Bescheid über die Organisation der Firma wusste. Sie war sehr hilfsbereit und freundlich und Paula fiel ein Stein vom Herzen.

Endlich mal jemand, der ihr nicht mit Ablehnung oder Gleichgültigkeit begegnete. Doch so viel Frau Orlowski auch über die Firma wusste, vom eigentlichen Sachgebiet der Frau Hansmann hatte sie keine Ahnung. Dieses Wissen hatte Frau Hansmann bisher immer strengstens geheim gehalten. Der Junior aber gab ihr immer mehr Aufträge, die genau in dieses Gebiet fielen.
Wollte er sie testen? Oder wollte er damit Frau Hansmann ärgern? Zuzutrauen war es ihm ja.
Es war ihr schon aufgefallen, dass die beiden ein sehr merkwürdiges Verhältnis zueinander hatten, das man noch am ehesten mit Hass-Liebe bezeichnen könnte.

Wie auch immer, als der Junior ihr diktierte, dass sie für einen bestimmten Kunden eine Langzeit-Lieferantenerklärung anfertigen sollte, hatte sie noch einmal all ihren Mut zusammengenommen und Frau Hansmann gefragt. Aber diese sagte nur: „Das müssen Sie schon selbst herausfinden."

Der Junior hatte sie schon zweimal nach der Erledigung dieser Angelegenheit gefragt und die Sache wurde langsam brenzlig. Und Frau Orlowski konnte ihr auch nicht weiter helfen. Glücklicherweise kam ihr die tägliche kurze Abwesenheit der Chefsekretärin zu Hilfe. Sie musste regelmäßig vormittags einmal zur Post fahren, um dort Sachen für den Senior abzugeben und auch abzuholen. Dafür benötigte sie ungefähr 15 Minuten.

Diese 15 Minuten waren Paulas Chance. Kaum war sie aus dem Haus, durchwühlte sie ihren Schreibtisch und die dahinter stehenden Regale. Und richtig: Es gab einen Ordner mit Langzeitlieferantenerklärungen und den entsprechenden Formularen. Aus der Rückseite der Formulare entnahm sie, dass die Kunden einmal im Jahr eine solche Erklärung benötigten, die besagte, dass die gekauften Waren in der EU hergestellt worden waren.

Endlich konnte sie ihre Arbeit erledigen. Dabei hasste sie es, sich so verhalten zu müssen. Aber sie hatte keine andere Chance. Und natürlich nutzte sie diesen Weg auch künftig, wenn Frau Hansmann ihr ihre Hilfe versagte.

Der Junior fuhr fort, ihr Aufgaben aus dem eigentlichen Sachgebiet von Frau Hansmann zu übertragen. Und je mehr ihrer Aufgaben sie bewältigen konnte, desto unabhängiger wurde sie von ihr.
Gleichzeitig wurde Paula zu einem wichtigen Werkzeug im Spiel zwischen dem Junior und Frau Hansmann. Einerseits war dies eklig, andererseits war es natürlich nicht schlecht, dass sie für den Junior eine gewisse Bedeutung gewann. Denn nur mit ihrer Hilfe konnte er sozusagen an Frau Hansmann vorbei arbeiten und ihre Bedeutung im Betrieb reduzieren.

∗∗

Der ständige Kampf an allen Fronten zehrte an Paulas Kräften und sie war froh, wenn sie einen Vorwand fand, um im Büro von Frau Orlowski zu verschwinden. Ihr Büro wurde in kürzester Zeit zu ihrem Fluchtraum, wenn es vorne nicht mehr auszuhalten war. Hier tankte sie die nötige Kraft für ihren Dauerkampf. Als sie sich wieder einmal über die ständigen Attacken von Frau Hansmann beklagte, sagte Frau Orlowski nur: „Wissen Sie, bevor Sie hier angefangen haben, hat sich eine Frau vorgestellt, die die Stelle zunächst bekommen sollte, dann aber doch nicht angefangen hat. Frau Hansmann meinte nur, es sei gut, dass sie sich so entschieden hätte, denn sie könnte sie nicht leiden und sie wäre daher ohnehin nicht lange hier geblieben."

Es war klar, was das für Paula bedeutete.

Umso mehr vertraute sie Frau Orlowski. Es dauerte gar nicht allzu lange, bis sie auch ihre Pausen bei ihr verbrachte und sie sich duzten.

Als Paula sie das erste Mal in ihrer Pause besuchte, meinte Mariella: „Das ist aber mutig von Ihnen."
Paula wusste erst nicht, was sie meinte, aber als Frau Hansmann in den nächsten Tagen noch unfreundlicher zu ihr wurde als vorher, konnte sie die Bedeutung ihres eigenen Handelns erahnen.

Sie hatte sich herausgenommen, die Chefsekretärin in den Pausen allein zu lassen und ihr dadurch ihre Abneigung gezeigt. Doch was sollte das an ihrem Verhältnis ändern? So oder so war sie darauf aus, sie loszuwerden.

Frau Hansmann dagegen ahnte, dass ihre Gegnerin nun eine Verbündete im Betrieb hatte und dadurch stärker geworden war. Ihr Kampf gegen Paula würde schwieriger werden.

**

Mariella war bereits einige Jahre in der Firma und hatte schon so einiges erfahren und erlebt, was die Beziehung zwischen den Mitarbeitern und ihren Chefs anging.

Frau Hansmann hatte ihr einmal erzählt, dass sie den Juniorchef schon als Kind kannte. Später machte er dann eine Lehre in der Firma, ehe er jetzt als Einkaufs- und Verkaufssachbearbeiter arbeitete.
Das Verhältnis der beiden war daher ziemlich kompliziert.
Er kämpfte um seinen eigenständigen Arbeitsbereich, den er Frau Hansmann Stück für Stück abringen musste.

Sie schien hier in früheren Jahren komplett die Zügel in der Hand gehabt zu haben. Andererseits war sie aber auch wie eine Oma zu ihm und er hatte eine gewisse Zuneigung zu ihrer energischen und zupackenden Art.

Am meisten aber verschlug es Paula die Sprache, als Mariella von Frau Hansmann und dem Seniorchef erzählte, denen sie ein Verhältnis unterstellte.

„Pass mal auf", sagte sie zu Paula, „wenn der Seniorchef das nächste Mal auf Geschäftsreise geht, wird es gar nicht lange dauern, bis sie sich Urlaub nimmt. Und ihre Laune danach ist immer außergewöhnlich gut…"
Ungläubig sah Paula sie an. „Vielleicht ist *sie* nur einfach verknallt in ihn…ich meine, er ist doch verheiratet."
„Meinst Du, das ist ein Hinderungsgrund?", fragte sie herausfordernd.
„Nein, natürlich nicht", musste Paula zugeben, „aber was macht Dich so sicher, dass da tatsächlich etwas läuft?"

Mariella zögerte. Hier handelte es sich schließlich um äußerst brisante Informationen, die ihr den Kopf kosten konnten, würde Paula nur ein Wort davon weitergeben. Aber die Beziehung zu Paula war mittlerweile so eng geworden, dass sie ihr vertraute. Und Paula hatte auch im Traum nicht vor, irgendetwas von dieser Unterhaltung nach außen weiterzugeben.

So begann Mariella zu erzählen:
„Der Senior hatte früher einmal in Holland eine Niederlassung unserer Firma. Speziell dafür hatte er eine Holländerin eingestellt. Aber die Geschäfte liefen nicht gut. Die Schuld dafür bekam natürlich die Holländerin in die Schuhe geschoben und sie wurde schon nach relativ kurzer Zeit entlassen. Die letzten paar Wochen bis zum Kündigungstermin hat sie nicht mehr im Außendienst gearbeitet, sondern war nur noch im Büro. Und sie hat mir erzählt, dass der Senior und Frau Hansmann oft in der dem Büro angegliederten Wohnung übernachtet haben. Den Rest kannst Du Dir dann ja denken…"

Paula war sprachlos. Frau Hansmann war demnach noch gefährlicher als sie es sich schon gedacht hatte. Ihr Einfluss auf den Chef konnte nicht hoch genug eingeschätzt werden.

**

Das sollte sie auch schon kurz darauf auf einem Gebiet zu spüren bekommen, auf dem es regelmäßig Streit zwischen mehreren Parteien gab: dem Rechnungsdruck.

Damals wurden die Rechnungen noch per Schreibmaschine auf durchnummerierten Mehrfachdrucksätzen geschrieben. Ein Rechnungsformular bestand aus der Original-Rechnung, der Kopie, einem gelben Lieferschein und einem blauen Packzettel. Die Fahrer erhielten bei der Auslieferung den gelben Lieferschein und den blauen Packzettel mit. Der Lieferschein wurde beim Kunden abgegeben, den blauen Packzettel hatte er zum Beweis des Erhalts der Ware zu quittieren.

Wenn die Fahrer nun die blauen Packzettel zurückbrachten, ordnete Frau Hansmann sie den entsprechenden Rechnungsnummern zu. Diese Sätze gab sie dann nach hinten zum Junior, damit er die Preise der Waren auf dem Packzettel eintragen konnte. Der Junior gab die Rechnungen schließlich wieder zu Frau Hansmann, die die endgültigen Formulare von

Frau Römer auf der Schreibmaschine schreiben ließ, wobei die Gesamtsumme auszurechnen war.

Vorgabe des Seniors war, dass Rechnungen für erfolgte Warenlieferungen bis spätestens zum Ende des Monats verschickt werden sollten.

Der Arbeitsablauf knirschte in der Regel an drei Stellen: Zunächst gab Frau Hansmann die Drucksätze nicht zügig zum Junior, so dass dieser zu wenig Zeit hatte, fristgerecht die Preise einzutragen. Und der Junior machte sich einen Spaß daraus, die Formulare möglichst lange bei sich liegen zu lassen, damit Frau Hansmann ins Schwitzen geriet. Denn für den pünktlichen Versand wurde letztendlich sie vom Senior verantwortlich gemacht. Hatte er mal keine Lust, sie zu ärgern, nutzte Frau Hansmann nun ihrerseits die Möglichkeit, die Sachen möglichst spät zu Paula zu geben, so dass sich diese überschlagen musste, um die Rechnungen rechtzeitig verschicken zu können. Natürlich hoffte sie, dass Paula sich in dem Zeitdruck möglichst oft verrechnen würde, denn dann konnte sie sie mal wieder beim Alten anschwärzen.

Zu ihrem Ärger geschah dies aber nicht, so dass sie eine andere Möglichkeit suchen musste, Paula schlecht zu machen. Und wer suchet, der findet.

Paula hatte auf den Rechnungen für europäische Kunden eine sogenannte Umsatzsteuer-Ident-Nr. hinzuzufügen – ein Erfordernis im internationalen Handelsverkehr.
Das tat sie auch, allerdings erst, wenn sie die Rechnungen zum Ausrechnen und fertig tippen erhielt. Machte sie die Papiere für den Versand fertig, fügte sie die Nummer noch nicht hinzu. Auf Packzettel und Lieferschein erschien die Umsatzsteuer-Ident-Nr. daher nicht.

Kaum hatte sie zum ersten Mal die Rechnungen bearbeitet, wurde sie auch schon unwirsch vom Senior in sein Büro gerufen. Er hielt ihr einen Packzettel für Waren an einen holländischen Kunden unter die Nase.

„Warum steht hier keine Ident-Nr.?",
schnauzte er sie an.
Paula erklärte ihm ihre Vorgehensweise und dass auf den Rechnungen diese Nummer zu finden sei, so wie vorgeschrieben.

„Schon beim Versand der Ware haben Sie die Nummer aufzuschreiben", polterte er.
„Okay", sagte sie nur, dann konnte sie zu ihrem Arbeitsplatz zurück gehen.

Es war klar, wer dem Alten die entsprechenden Packzettel unter die Nase gehalten hatte und warum. Wenn die Sekretärin sie nicht um jeden Preis hätte los werden wollen, hätte sie Paula wohl vorher einfach mal auf die fehlende Nummer angesprochen.
Paula wischte sich den Schweiß von der Stirn. Der Stuhl, auf dem sie hier saß, war äußerst wackelig und sie hätte auf sich selbst keinen Pfennig gewettet, dass sie länger als drei Monate überleben würde.

**

Wer jedoch seine Probezeit nicht überlebte, war der Buchhalter. Nach zwei Monaten wurde er ins Büro vom Senior gerufen und kam kurz danach mit hochrotem Kopf wieder heraus. Zu Paula meinte er nur: „Meine Dienste werden hier nicht mehr gebraucht – ich bin gerade gekündigt worden."

Paula war geschockt. Ihr war klar, wer als nächster dran war. Doch die Zeit verging und nichts passierte. So dachte sie jedenfalls.

In Wirklichkeit hatte Frau Hansmann längst eine Stellenanzeige für eine neue Bürokauffrau aufgegeben.
Aber sie hatte nicht mit Mariella gerechnet, die die Ablage verwaltete. Als ihr die Kopie der Rechnung für die Stellenanzeige „Bürokauffrau" in die Hände fiel, schaltete sie sofort.
Sie ging zum Junior und fragte, weshalb Paula denn entlassen werden sollte. Sie leistete doch gute Arbeit. Da Paula für den Junior in seinem Kampf gegen Frau Hansmann mittlerweile zu einer wichtigen Hilfe geworden war, setzte er sich beim Senior für ihren Verbleib ein.
Schließlich sollte sie ja auch hauptsächlich mit ihm zusammenarbeiten und nicht mit dem Senior.
Als Frau Hansmann erfuhr, dass Paulas Stelle nicht neu besetzt wurde, stürmte sie wutentbrannt aus ihrem Büro. Ihr war wohl klar, dass sie Paula jetzt nicht mehr so einfach loswerden würde.

Eine Zeit lang grübelte sie darüber nach, wer dem Junior wohl die Information über die Stellenanzeige gegeben haben könnte. Bald kam sie auf Frau Orlowski, da sie sich mit Paula gut verstand und die Ablage verwaltete. Sofort überlegte sie, wie sie in Zukunft neues Personal suchen könnte, ohne dass Unterlagen in der Ablage erschienen.
Die Lösung war einfach: Statt selbst Stellenanzeigen aufzugeben, würde man künftig auf Stellengesuche hin anrufen.

So verging die dreimonatige Probezeit von Paula ohne Kündigung und sie trat vereinbarungsgemäß ihren ersten Jahresurlaub an.
Als sie zurückkehrte, war der Platz ihr gegenüber nicht mehr leer: Ein neuer Buchhalter war eingestellt worden.
Ihr war sofort klar, dass es kein Zufall war, dass er seine Arbeit während ihrer Urlaubszeit begonnen hatte. Frau Hansmann wollte ihn sicherlich erst einmal für sich gewinnen und ihn vor der völlig unmöglichen Bürokauffrau warnen, die ihm bald gegenüber sitzen würde.

Der Neue hieß Gunnar Fuhrmann und war ein kleiner, stabiler Mann um die 40 mit braunem, gelocktem Haar, das ihm immer

etwas wirr ums Gesicht hing. Das erste, was Paula auffiel, war sein wachsamer Blick, der alles genau wahrzunehmen schien, was um ihn herum geschah. Er wirkte ziemlich ausgeschlafen und sie fragte sich, weshalb dieser Mann wohl ausgerechnet hier gelandet war.
Sie hoffte spontan, dass er Frau Hansmann überleben würde.

**

Die dauernde Kontrolle durch die Chefsekretärin und der ständige Druck, nur ja keinen Fehler zu machen, belasteten Paula. Kein Wort, keine Bewegung von Paula entging ihr.

Besonders schlimm war dies, wenn es wenig zu tun gab. Normalerweise wäre das die Zeit gewesen, sich mal mit einem Kollegen zu unterhalten, aber das konnte sich Paula nicht leisten. Zu groß war die Angst, dass Frau Hansmann dem Junior oder Senior von ihren Leerlaufzeiten erzählen würde. Also dachte sie sich immer irgendetwas aus, was zu erledigen war, egal wie unsinnig die Tätigkeit auch sein mochte.

Es war also kein Wunder, dass Paula ihre Arbeit bald zuwider war und sie relativ schnell beschlossen hatte, sich auf einen anderen Job zu bewerben. Allerdings wollte sie vorher ihren Abschluss als Bürokauffrau nachholen, was als Externe vor der Industrie- und Handelskammer nach vier Jahren Berufserfahrung möglich war. Es war diese Perspektive, die ihr das nötige Durchhaltevermögen gab.

Natürlich war ihr Engagement für die Firma unter diesen Umständen auf das Allernötigste begrenzt, was sich vor allem darin ausdrückte, dass sie pünktlich um 17 Uhr Feierabend machte.
Das passte aber nun so gar nicht in das Konzept der Chefs, die für ihr Geld möglichst viel von ihren Angestellten haben wollten, im Klartext: Unbezahlte Überstunden waren Pflicht.

Jedes Mal, wenn Paula um Punkt 17 Uhr Feierabend machte, kam der Juniorchef am nächsten Tag kurz vor Dienstschluss mit einer angeblich äußerst wichtigen Angelegenheit, die noch ganz dringend erledigt werden musste. Da der Junior von seinem Büro im hinteren Teil des Gebäudes gar nicht wissen konnte, wann sie nach Hause ging, war klar, wer ihm regelmäßig davon Meldung machte. Frau Hansmann.

Um seine regelmäßigen Feierabend-Attacken abzuwehren, dachte Paula sich einen Trick aus. Sie ging regelmäßig etwa fünf bis zehn Minuten später. Und siehe da – sie wurde in Ruhe gelassen.

Nur noch einmal kam es zu einem großen Streit mit dem Junior deswegen.
Sie hatte gerade schon ihre Sachen zusammengepackt, als er ins Büro gerauscht kam.
„Dieses Schreiben hier muss unbedingt noch heute verschickt werden", teilte er ihr mit.
Nun hatte sie per Zufall gesehen, wie der Junior noch eine halbe Stunde zuvor völlig entspannt mit den Lkw-Fahrern auf dem Hof herumgequatscht hatte. Es war klar, er hatte das Schreiben einfach vergessen oder es bewusst bis kurz vor ihrem Feierabend verschoben.
Sie hatte aber keine Lust, das für ihn auszubaden. Also ging sie trotzdem. Er war gerade wieder mit den Lkw-Fahrern beim Laden draußen auf dem Hof, als sie das Büro verließ, und er schrie ihr hinterher:

„Frau Römer, haben Sie das Schreiben schon fertig?"

Wütend drehte sie sich um: „Nein und ich sehe auch gar nicht ein, warum ich Überstunden machen muss, wenn Sie vergessen, mir wichtige Schreiben herüberzugeben."

Ihr Temperament war mit ihr durchgegangen und ließ sie diese unverschämten Worte sagen. Verständlicherweise explodierte nun ihr Chef: „Wenn es noch etwas Dringendes zu erledigen gibt, müssen Sie eben auch mal länger bleiben."

Einen Moment lang zögerte Paula. Sie wusste, dass er im Grunde genommen Recht hatte. Und dass es für ihn unerträglich wäre, wenn er sich vor seinen Arbeitern ihr gegenüber nicht durchsetzen könnte. Sie riskierte einen ernsthaften Streit mit ihm, wenn nicht sogar die Kündigung. Mit vor Wut hochrotem Kopf kehrte sie ins Büro zurück.

„Na", feixte ihr Kollege, „schon wieder da?"

Nach diesem Streit bekam Paula nur noch selten kurz vor Feierabend dringend zu bearbeitende Sachen von ihm.

Und wenn dies mal der Fall war, wusste sie, dass es sich wirklich um unaufschiebbare Dinge handelte, die sie dann auch erledigte.

**

Der Junior fuhr darin fort, ihr Arbeiten zu übertragen, die zum eigentlichen Kerngebiet von Frau Hansmann gehörten.
Es war klar, er wollte ihre Machtposition im Betrieb auf ein Minimum beschränken, um möglichst nicht mehr mit ihr zusammenarbeiten zu müssen.

Frau Hansmann kämpfte mit all ihrer Macht dagegen an, was natürlich hauptsächlich Paula zu ertragen hatte, da der Junior sie ja als Waffe gegen die Chefsekretärin auserkoren hatte.
Irgendwie konnte Paula sogar die Wut von Frau Hansmann verstehen, denn für sie war im Gegensatz zu Paula ihre Arbeit gleichzeitig ihr Lebensinhalt.

Andererseits war es auch in Paulas Interesse, dass ihr Einfluss begrenzt wurde, denn von dieser Frau hatte sie nichts Gutes zu erwarten.

Mit der Zeit erkannte sie, dass sie zwar einerseits bloßes Werkzeug im Machtkampf zwischen dem Junior und Frau Hansmann war, der Junior sie aber andererseits auch gegen Frau Hansmann schützte, soweit dies in seiner Macht stand.

Als er sie eines Tages bat, ihm eine Rechnung herauszusuchen, die sich in der Ablage der Chefsekretärin befinden sollte, sträubte sich Frau Hansmann, ihr die Unterlage zu geben.
„Ich habe diese Rechnung nicht", behauptete sie stur und steif.
„Aber Frau Hansmann, der Junior hat mir gesagt, dass Sie sie haben!", bestand Paula auf der Herausgabe.
„Ich habe Sie aber nicht!"
Die Sekretärin blieb bei ihrer Meinung.

Paula überlegte einen Moment. Wenn der Junior der Meinung war, dass Frau Hansmann die Rechnung hatte, sollte er sie doch anweisen, sie ihr herauszugeben. So marschierte sie in ihr Büro, rief ihn an und schilderte ihm den Vorgang. Kurz darauf klingelte bei der Chefsekretärin das Telefon. Mit wutverzerrtem Gesicht schleuderte Frau Hansmann Paula die Rechnung auf den Tisch.

Es war klar, der Junior hatte ein Machtwort gesprochen.

Auf den Gebieten, die Frau Hansmann bisher allein bearbeitet hatte, war der Kampf für Paula nicht so einfach zu gewinnen. Eines dieser Gebiete war die Zollanmeldung von Waren aus Nicht-EU-Ländern.
Wenn ein Lkw mit solchen Waren auf dem Hof stand, war die Ladung verplombt. Das bedeutete, die Ladeklappe des Lkw durfte auf keinen Fall geöffnet werden, bevor die Ware nicht beim Zoll angemeldet worden war.
Das Zollamt behielt sich vor, die Ladung zu überprüfen oder die Ware sofort zum Entladen frei zu geben. Erst nach Freigabe durch das Amt durfte die Plombe gebrochen worden.
Um die Waren beim Zoll anzumelden, musste ein bestimmtes Formular in einer bestimmten Weise ausgefüllt werden, unter anderem musste jede Warenart mit einem bestimmten Zahlencode aufgeführt werden.

Als nun eines Tages mal wieder ein Lkw mit solchen Drittlandswaren auf dem Hof stand, verlangte der Junior von Paula, das Formular für die Zollanmeldung fertigzustellen.
Paula wurde ganz mulmig zumute. Der Junior

hätte ihr auch gleich befehlen können, mit Frau Hansmann in den Boxring zu steigen.
In ihrer Not wandte sie sich an ihren Kollegen Herrn Fuhrmann, der ihr schon einige Male mit Tipps und Tricks zur Seite gestanden hatte.

Er gab ihr den Rat, in den Rechnungsunterlagen nachzusehen, da eine Kopie der Zollanmeldung immer hinter die entsprechende Rechnungskopie geheftet wurde.

Paula war erleichtert. Diese Hürde wäre schon mal überwunden.

Leider waren aber andere Waren importiert worden als auf den Rechnungskopien aufgeführt, die sie in den Ordnern fand. Ihr fehlten die zutreffenden Warencodes.
Wie sie wusste, besaß Frau Hansmann ein Buch, in dem alle Warencodes verzeichnet waren.

Ihr blieb nichts anderes übrig, als sie danach zu fragen.
Natürlich hatte die Chefsekretärin längst bemerkt, welche Art von Arbeit Paula gerade erledigte und sich die ganze Zeit über in

eisiges Schweigen gehüllt. Auch als Paula sie nun nach dem Buch fragte, gab sie keine Antwort.
Paula versuchte, versöhnliche Töne anzuschlagen.
„Frau Hansmann, ich weiß genau, dass Sie dieses Buch in Ihrem Schrank haben. – Ich habe mir diese Arbeit doch nicht selbst ausgesucht, der Junior möchte, dass ich das erledige."
Doch Frau Hansmann stellte sich taub. Was sollte sie nur tun? Sie konnte doch nicht dauernd den Junior um Hilfe bitten.

Nein, diesmal würde sie sich einfach nehmen, was ihr zustand.
Mit entschlossenem Schritt umrundete sie den Schreibtisch und wollte gerade auf das Regal der Chefsekretärin zugehen, als sie ihr zuvorkam und ihr das Buch gab.
An ihrer Wut auf Paula änderte das jedoch nichts.

**

In solchen Momenten beneidete Paula Mariella, die alleine in dem hinteren Büro arbeiten konnte und der nicht ständig Frau Hansmann im Nacken saß.

Einen Vorteil jedoch hatte sie hier vorne: Sie musste sich nicht wie Mariella mit der Ehefrau des Seniors, von allen nur Lisbeth genannt, herumschlagen.

Die Wohnung des Seniors im oberen Stockwerk des Firmengebäudes grenzte nämlich mit dem Treppenhaus an Mariellas Büro und war nur durch eine Tür von ihm getrennt.

Lisbeth hatte es sich zur Aufgabe gemacht, darüber zu wachen, dass auch ja alle Mitarbeiter ständig arbeiteten.

Wie Mariella erzählte, kam es hin und wieder vor, dass sie plötzlich die Tür aufriss und in ihrem Büro stand. Und wehe, sie arbeitete dann nicht an irgendetwas. Das wurde sofort dem Senior berichtet.
Lisbeth genoss es, ihre Position als Ehefrau des Seniors auszuspielen. Einmal verlangte sie sogar von Mariella, dass sie ihr die Nägel schnitt. Aus Furcht davor, sie könnte sich beim Senior beschweren, tat ihr Mariella den Gefallen.

Eines Tages kam Lisbeth auch zu Paula ins Büro und forderte sie dazu auf, die Gardinen

abzuhängen, damit sie gewaschen werden konnten.
Aber Paula hatte keine Lust, sich von ihr als Mädchen für alles missbrauchen zu lassen. So setzte sie ihre Unschuldsmine auf und meinte nur: „Ich weiß gar nicht, wie das geht."
Als Lisbeth eingeschnappt das Büro verließ, sah sie in das grinsende Gesicht von Herrn Fuhrmann: „So ein Pech aber auch, dass Sie so gar keine haushaltlichen Fähigkeiten haben, Frau Römer."
„Ja, das Schicksal kann manchmal hart sein", zwinkerte sie ihm zu.

Sie war sich wohl bewusst, dass Lisbeth von ihrer Weigerung Frau Hansmann und dem Senior erzählen würde. Aber was sollte das schon bewirken? Das Verhältnis zu Frau Hansmann konnte gar nicht schlechter werden und mit dem Senior hatte sie gottseidank so gut wie nichts zu tun.
Und richtig, außer dass der Senior ein paar Tage ihr gegenüber grummelig war, passierte nichts.
Sie hatte also das Richtige getan, um sich Lisbeth vom Leib zu halten.

Wusste man, dass Lisbeth vor ein paar Jahren einen Schlaganfall erlitten hatte und seitdem

in der Öffentlichkeit ein Bein hinter sich her zog, konnte man über die Energie nur staunen, die sie entfaltete.
War sie in Wirklichkeit gesünder als sie vorgab und schauspielerte sie nur vor den anderen?

Jedenfalls hatte sie erreicht, dass Frau Hansmann sie zweimal in der Woche zu therapeutischen Anwendungen fahren und für sie Besorgungen erledigen musste.
„Schaun Sie mal, Frau Römer, das Schauspiel beginnt wieder", raunte ihr der Kollege zu, als mal wieder so ein Termin anstand. Und tatsächlich, Frau Hansmann stand schon angezogen in der Tür, aber wer nicht kam, war Lisbeth.
Sie liebte ihre Auftritte über alles.
Und dazu gehörte es nun einmal, nicht pünktlich zu erscheinen und damit dem anderen zu zeigen, wer die wichtige Person im Hause war.
Wenn sie dann endlich erschien, war die Stimmung zwischen den beiden natürlich nicht gerade harmonisch.

An anderen Tagen konnten die zwei Frauen allerdings wie ein Herz und eine Seele sein, steckten die Köpfe zusammen, tuschelten stundenlang, um sich dann wieder wegen irgendeiner Angelegenheit heftig zu streiten.

Zwischen den beiden tobte augenscheinlich ein Konkurrenzkampf, wer wohl die wichtigste Person im Betrieb wäre.
Und der Siegerin schien eine ganz besondere Trophäe zu winken: die Gunst des Seniors.
Kein Wunder also, dass Frau Hansmann so verbissen gegen Lisbeth kämpfen konnte…

Regelmäßig kam es auch vor, dass Lisbeth sich vor Herrn Fuhrmann im Büro aufbaute und stundenlang über irgendwelchen Alltagskram sprach. In unbeobachteten Momenten warf er Paula dann einen genervten Blick zu und verdrehte die Augen.
Paula grinste. Sie wollte nicht in seiner Haut stecken.

Immer wieder beschwerte sich Lisbeth über ihre Putzfrauen, wobei sie irgendwann ihren Standardsatz benutzte: „Herr Fuhrmann, ich bin mit meiner Putzfrau gar nicht mehr zufrieden. Sie geht überhaupt nicht richtig in die Ecken!"
War sie aus dem Büro verschwunden, seufzte ihr Kollege: „Das heißt also, wir können demnächst wieder eine neue Putzfrau suchen.

Dabei ist die Aktuelle erst seit einem halben Jahr hier beschäftigt. Ich weiß gar nicht, wo wir noch neue Putzfrauen herbekommen sollen!"

Das war in der Tat ein Problem. Denn die Arbeiterin sollte aus der näheren Umgebung stammen. Hier hatte die Firma aber bereits einen schlechten Ruf, was den Umgang mit ihren Arbeitnehmern anging.
Lisbeth hatte auch ihren Teil dazu beigetragen, denn es war nicht nur so, dass sie mit den Putzfrauen schimpfte, wenn sie mit ihnen unzufrieden war. Häufig
schlug sie sie mit einem nassen Lappen, wenn sie wütend war. Und oftmals waren sie deshalb schon weinend zu Mariella ins Büro gekommen.

2

Frühlingserwachen

Wenn man sich tagtäglich acht bis neun Stunden im Büro gegenübersitzt und sich gleichermaßen gegen permanente Angriffe von Chef & Co. wehren muss, bleibt es nicht aus, dass auf die Dauer so eine Art Schicksalsgemeinschaft entsteht, wenn man sich mit seinem Gegenüber einigermaßen versteht und von ihm nicht angegriffen wird. Der Büroraum wird gewissermaßen zu einem zuverlässigen Rettungsboot auf offener, stürmischer See, auf das Verlass ist und an das man sich mit aller Macht klammert.
So war es auch bei Paula und ihrem Kollegen und zwar umso mehr, als er ihr schon oftmals geholfen hatte und auf wundersame Weise eine ähnliche Art von Humor zu haben schien.

Herr Fuhrmann saß ihr nun schon seit gut einem Jahr gegenüber und bisher hatte sie jede Pause bei Mariella verbracht, während er ins hintere Büro zum Verkaufssachbearbeiter gegangen war.

Sie hatte die vage Ahnung, dass er auch keine Lust hatte, sich mit Frau Hansmann zu unterhalten und da Paula ja in diesen Zeiten niemals vorne im Büro blieb, hatte er nicht viele andere Möglichkeiten.
Sie fragte sich, ob er nicht vielleicht Lust hatte, mal eine Pause mit ihr zu verbringen. Es wäre nur fair, ihre freie Zeit zwischen den beiden Menschen aufzuteilen, die ihr in dieser Firma Halt gaben.
Aber wie sollte sie ein Gespräch mit jemandem beginnen, von dem sie eigentlich so gut wie nichts wusste?
Egal, es ging ja nur um einen Test, ob er überhaupt Lust auf eine gemeinsame Pause hatte.

„Na, was haben Sie denn heute für leckere Schnitten mit dabei?", fragte Paula ihn, als er seine Brote auspackte.
Etwas Besseres war ihr nicht eingefallen. Ihr Kollege blickte erstaunt auf. Für eine Sekunde lang schien er zu überlegen, was sie mit dieser Frage bezweckte. Dann antwortete er bedächtig: „Mal schauen. Sieht nach Schinken und Schnittkäse aus."
Paula stutzte: „Sie wissen nicht, was auf Ihren Broten ist?"

„Nö, woher sollte ich. Die Schnitten schmiert mir ja meine Frau morgens. Sie leben doch sicher auch mit jemandem zusammen, dem Sie morgens die Brote fertig machen, oder?" Der provozierende Unterton in seiner Stimme war nicht zu überhören und sein verschmitzter Blick nicht zu übersehen. Er wollte anscheinend spielen. Ein kleines Kämpfchen über die Fragen der Emanzipation?
Warum nicht, das konnte ganz unterhaltsam sein. Sie war schon immer eine große Meisterin im Diskutieren gewesen. Es wäre interessant zu sehen, wer gewinnen würde.

Also tat sie so, als ob sie seine Provokation ernst nehmen würde und spielte die Empörte. „Ja, ich lebe auch mit jemandem zusammen, aber wir sind gleichberechtigt. Bei uns gibt es keinen Diener und Bediensteten. Natürlich schmiert er sich seine Brote selbst."
„Meine Frau ist auch nicht meine Bedienstete. Sie macht das gerne für mich. Sie würde richtig wütend werden, wenn ich ihr diese Arbeit wegnehmen würde. Obwohl sie genauso vollzeitberufstätig ist wie ich."
„Dann ist es ja geradezu rührend von Ihnen, dass Sie es ihr überlassen, Ihre Pausenbrote zu schmieren. Natürlich wollen Sie ihr auch

nicht weh tun, was die übrige Hausarbeit wie Putzen, Spülen und so weiter angeht, nehme ich an."

„Ja, genau."

„Interessant. Sie lassen Ihre Frau die komplette Hausarbeit verrichten und nennen das Gleichberechtigung?"

„Das hat doch nichts mit Gleichberechtigung zu tun. Das ist eine reine Frage der Arbeitsteilung", meinte er.

„Oh ja, diese Art von Arbeitsteilung hätte ich auch gerne, nur bitte dann anders herum. Ich wäre dann diejenige, die nach Hause kommt und ihren Hobbies nachgeht und mein Freund erledigt derweil die Hausarbeit", erwiderte sie ironisch.

„Aber meine Frau weiß gar nichts mit ihrer freien Zeit anzufangen. Sie beginnt dann nur irgendwelche anderen Arbeiten oder schaut fern", meinte er ernst.

„Aber sie hätte wenigstens die Chance, etwas zu tun, was ihr Spaß macht", gab Paula zu bedenken.

Darauf wusste Herr Fuhrmann keine Antwort. Sie hatte es tatsächlich geschafft, das letzte Wort zu behalten, wenn es auch nicht ganz einfach gewesen war. Und ehe sie es sich versah, war die Pause auch schon um.

Am nächsten Tag fragte sie sich, ob ihr Kollege mittags wohl wieder das Büro in Richtung Verkaufssachbearbeiter verlassen oder bei ihr bleiben würde. Sie war ja nicht gerade pfleglich mit ihm umgegangen.

Aber zu ihrer großen Überraschung blieb er. Als er seine Brote auspackte, knüpfte er direkt an ihr Gespräch vom Vortag an.
„Mal sehen, was meine Sklavin heute wieder für mich fertig gemacht hat."
Paula lachte auf. Es war zu offensichtlich, dass er sie wieder provozieren wollte.
„So leicht lass ich mich aber nicht ärgern", sagte sie nur.
Er fühlte sich durchschaut und wurde rot.
„Man kann es ja mal versuchen", meinte er kleinlaut, um dann ernst fortzufahren:
„Übrigens habe ich gestern das Geschirr abgetrocknet. Meine Frau war völlig perplex."

Paula auch. Sie fühlte sich seltsam berührt, dass er sich ihr Gespräch so zu Herzen genommen hatte. Aber sie war realistisch genug, um nicht an einen wirklichen Sinneswandel zu glauben. Sie hatte da so ihre Erfahrungen aus früheren Diskussionen mit anderen Männern.

„Ja, diese Reaktion kenne ich", schmunzelte sie. „Keine Sorge, das hält nicht lange an."
Er betrachtete sie ungläubig.
Wie sehr sie Recht hatte, erfuhr sie von ihm schon ein paar Tage später.

„Gestern habe ich für meine Frau das Essen gemacht und gespült, damit sie sich auch mal von ihrem Job entspannen kann. Und wissen Sie, was sie gemacht hat? Sie hat sich den Putzlappen geschnappt und drauflos gewischt. Sie kann einfach nicht ohne Arbeit sein. Das war das letzte Mal, dass ich ihr geholfen habe."
Paula grinste verächtlich. So einfach war das also für ihn, eine Rechtfertigung für die Richtigkeit seines bisherigen Verhaltens zu finden. Es war eben viel bequemer, nichts ändern zu müssen.
Sie war so froh, dass sie nicht in einer solchen Beziehung lebte.
Er schien ihre Gedanken erraten zu haben und griff sie wütend an.

„Sie leben mit Ihrem Freund doch nur in so einer Art Wohngemeinschaft zusammen: Man ist zusammen, weil´s halt praktischer ist. Na ja, und für gewisse Stunden ist das eben auch ganz nett. Aber Liebe ist das nicht."

Was wusste er schon von Liebe?
Wahrscheinlich musste sie für ihn so sein wie im Fernsehen: wild, leidenschaftlich und alles verzehrend.
Aber es gab noch andere Formen.
Sie konnte auch leise, bedächtig und beständig sein. Diese Art von Gefühlen behagte ihr viel mehr. Sie hasste den Kontrollverlust, der mit großen Gefühlen verbunden war. Große Gefühle warfen sie zu Boden, schalteten ihren Verstand aus und ließen sie Dinge tun, die sie nicht wollte, stürzten sie regelmäßig in eine Krise.
Sie wusste das aus früheren Erfahrungen.

„Wissen Sie überhaupt, was Liebe ist?", riss er sie in aggressivem Ton aus ihren Gedanken.
„Ja, sicher."
„Ich meine, kennen Sie das Gefühl, jemanden so zu lieben, dass man an nichts anderes mehr denken kann?"
Sie nickte.
Aber damit stimmte sie nur zu, dass sie das Gefühl kannte, was er beschrieb.
Das war nicht Liebe, was er schilderte, das war Verliebtheit. Und die kam und ging wie die Jahreszeiten.

Er blickte ihr forschend ins Gesicht und schwieg einen Moment lang. Dann sagte er leise: „Ich liebe meine Frau: Sie ist ein Teil von mir. Ich weiß nicht, wo ich aufhöre und wo sie anfängt."
Sie sah betroffen aus dem Fenster. *Das* war Liebe. Liebe, wie sie nur wenigen unter uns vergönnt ist.
Aber konnte es sein, dass er heute immer noch so fühlte, dass er nicht von einem Gefühl aus der Vergangenheit sprach?

„Mein Gott, wenn ich mich daran erinnere, wie sehr ich mich immer auf sie gefreut habe, schon Stunden vor einem Treffen. – Heute ist das natürlich anders. Es ist normal, dass ich sie zu Hause sehe."

Seine letzten Worte bestätigten sie in ihrem Verdacht. Wie bei allen anderen auch waren ihm die hochtrabenden Gefühle im Laufe der Zeit abhanden gekommen. Hatte er vielleicht zu Anfang seiner Beziehung mehr, als Paula mit ihrem Freund teilte, so blieb ihm doch nach ein paar Jahren für den Rest seines Lebens viel weniger übrig als Paula. Wieder einmal fühlte sie sich darin bestätigt, dass sie genau den für sie richtigen Weg gewählt hatte.

Trotzdem beunruhigte es sie, dass er es geschafft hatte, sie für ein paar Sekunden zu erschüttern.

„Wissen Sie", fuhr er fort, „als ich meine Frau kennenlernte, war sie schlank und hübsch. So zierlich und klein. Irgendwann hat sie aber angefangen, Süßigkeiten zu essen. Jetzt ist sie ziemlich dick. Ich habe lange Zeit versucht, sie zum Abnehmen zu bringen, aber sie hat es nicht geschafft. Es war für mich sehr schwer, mich daran zu gewöhnen, eine dicke Frau zu haben. Wir haben regelrechte Kämpfe deswegen ausgetragen. Aber es war nicht zu ändern."
Paula runzelte die Stirn. Anstatt zu ergründen, warum seine Frau so viel Süßes aß, hatte er das Problem einfach lösen wollen, indem er mit Verboten reagierte. Oder wusste er den Grund?

„Haben Sie sich schon einmal überlegt, warum ihre Frau so viel Süßes isst?", hakte sie nach.
Er grinste.
„Na ja, man sagt ja immer, dass Frauen so viel Süßes essen, wenn ihnen gefühlsmäßig etwas fehlt. Vielleicht bräuchte sie mehr Zuwendung von mir. Aber wissen Sie, wir sind mittlerweile über 20 Jahre verheiratet. Dass man da nicht

mehr so verliebt ist wie am Anfang, ist doch normal."

„Aha", sagte sie nur und dachte wieder an sein Gefasel von Liebe ein paar Minuten vorher.

Die Wahrheit kam eben manchmal schneller ans Licht, als man dachte.

Er spürte ihre Geringschätzung und ging sofort zum Angriff über: „Sie und ihr Freund müssen es erst einmal schaffen, so lange zusammenzubleiben."

Sie hatte keinen Zweifel daran, dass ihr das gelingen würde, aber auch keine Lust, darüber mit ihm zu diskutieren.

So ignorierte sie seinen Angriff und fragte ihn in ruhigem Ton: „Ich nehme an, Sie sind in erster Ehe verheiratet?"

Sie konnte sich nicht vorstellen, dass jemand, der schon eine Ehe hatte scheitern sehen, derart über Liebe sprach. Aber zu ihrer Überraschung schüttelte er den Kopf.

„Nein, ich bin schon zum zweiten Mal verheiratet. Meine erste Frau habe ich geheiratet, da war sie noch minderjährig und ich gerade volljährig geworden. Es war eine reine Trotzheirat. Ihre Eltern ließen uns nicht zusammen sein. Drei Jahre später war ich schon wieder geschieden. In der Zwischenzeit hatte ich meine jetzige Frau kennengelernt. Ich arbeitete damals in einem Patentanwaltsbüro, in dem sie auch beschäftigt war. Sie sagt, sie hätte sich sofort in mich verliebt, als sie mir zum ersten Mal begegnet ist. Damals war ich noch ein echt wilder Typ mit langen Haaren und so. Diesen emanzipatorischen Kram hätten Sie mir damals nicht erzählen dürfen. Ich duldete nur meine eigene Meinung. Als wir uns kennenlernten, war meine Frau genauso wie ich verheiratet. Sie hatte schon einen kleinen Sohn von ungefähr sechs Jahren. Aber die Beziehung zu ihrem damaligen Mann war wohl nicht so toll. Ihr Mann ist dauernd mit irgendwelchen anderen Frauen fremdgegangen. Ich war auch nicht glücklich mit meiner ersten Frau. Sie war aus gutem Haus und war es gewohnt, an jedem Wochenende irgendwelche Leute zu treffen. Ich bin dagegen lieber alleine. Nicht, dass ich nicht Freunde haben könnte, wenn ich es wollte. Witzigerweise wollen mich alle möglichen Leute zum Freund haben. Aber mir ist das viel zu anstrengend. Ein Freund erwartet, dass man ihn regelmäßig trifft oder ihn wenigstens ab und zu mal anruft. Ich habe aber keine Lust auf diese Art von

Verpflichtungen. Deshalb habe ich nur Bekannte. Wenn mir danach ist, telefoniere ich mit denen. Es kann aber durchaus sein, dass ich mich mehrere Monate gar nicht melde. – Ich kann mich noch daran erinnern, wie meine zweite Frau und ich uns anfangs immer heimlich getroffen haben. Dieses dauernde Versteckspiel hat viel Kraft gekostet. Man musste sich ja immer Ausreden einfallen lassen. Irgendwann kam die Sache natürlich heraus. Dass wir entdeckt worden waren, merkten wir spätestens, als der damalige Mann meiner Frau die Reifen von meinem Auto aufstach. Wir hatten uns wie schon so oft abends in dem Campingwagen getroffen, der ihrem Ex-Mann gehörte – denn irgendwo muss man ja schließlich vernünftig liegen können… Über Nacht hatte ihr Mann zugeschlagen. Das war vielleicht ein Schock. Wie sollten wir jetzt rechtzeitig zur Arbeit kommen? Wir wollten schließlich nicht beide gleichzeitig zu spät kommen. Sonst hätte es sofort jede Menge Gerüchte gegeben."
Er grinste.
„Hat ihre erste Frau damals eigentlich auch einen Geliebten gehabt?", wollte sie wissen.
„Nein, nicht dass ich wüsste. Sie wollte sich auch nicht scheiden lassen. Ich wollte das."
Paula sah ihn ungläubig an.

„Aber sie hat doch bestimmt gemerkt, dass sie beide gar nicht zusammenpassten. Warum wollte sie dann trotzdem bei Ihnen bleiben?"
„Weil sie mich geliebt hat."
Sein triumphierender Blick war kaum zu ertragen. Trotzdem blieb sie ruhig. Sie wollte seine ganze Wahrheit wissen.

„Und als sie dann geschieden waren, haben sie sofort ihre zweite Frau geheiratet?"
„Ja, sozusagen vom Fleck weg. Ich bekam die Scheidungspapiere auf dem Amt ausgehändigt und bin damit sofort zur Trauung gefahren. Allerdings habe ich vorher noch den freien Tag genutzt und meinen Wagen zur Reparatur gebracht."
Sie lächelte amüsiert.
„Na, das ist ja nicht gerade romantisch."
Jetzt musste er auch grinsen.
„Das hat meine Frau auch gesagt. Aber ich meine, wenn man schon mal einen Tag Urlaub hat, sollte man den auch nutzen."
Sie merkte wohl, dass er sie wieder provozieren wollte, aber sie ignorierte seinen Ton.
„Also ich denke, eigentlich beschäftigt man sich am Hochzeitstag mit anderen Dingen als dem Alltagskram. Es ist doch schließlich ein

besonderer Tag. – Haben Sie eigentlich auch kirchlich geheiratet?"

„So weit kommt es noch, dass ich mich von einem Pfaffen segnen lasse. Nein, ich habe nur standesamtlich geheiratet."

Er hatte geheiratet, von *wir* war keine Rede…

Sie ahnte, wer die entsprechende Entscheidung getroffen hatte.

„Wollte ihre Frau denn kirchlich heiraten?"

„Wahrscheinlich schon, sie ist nämlich katholisch. Aber ich habe zur Bedingung gemacht, dass sie aus der Kirche austritt, wenn sie mich heiraten will."

Paula traute ihren Ohren nicht.

„Sie haben sie gezwungen, ihren Glauben aufzugeben?"

Sie konnte ihr Entsetzen nicht verbergen.

„Sie musste ja nicht direkt ihren Glauben aufgeben", wiegelte er ab. „Sie kann ja immer noch beten und so weiter, wie sie das möchte. Aber ich könnte es nicht ertragen, wenn sie Mitglied in diesem Verein wäre, der über die Jahrhunderte so viel Unrecht getan hat und noch tut."

„Aber das ist doch die Entscheidung ihrer Frau. Man kann jemanden zu so etwas doch nicht zwingen."

„Sind Sie in der Kirche?" Seine Stimme klang plötzlich schroff.
„Nein, wieso?"
„Und ihr Freund?"
Jetzt wusste sie, worauf er hinaus wollte.
„Mein Freund ist evangelisch. Und ich würde ihn nie dazu zwingen, aus der Kirche auszutreten. Obwohl ich die Institution Kirche genauso ablehne wie Sie."

Überraschenderweise sagte er darauf gar nichts mehr. Stattdessen begannen seine Augen zu leuchten und er lächelte sie mit einer Intensität an, dass sie seinen Blick bis in ihre Zehenspitzen hinein fühlen konnte.

Was sollte das denn jetzt schon wieder?
Wollte er sie in sich verliebt machen?
Seltsamerweise schien er in diesem Moment genau dasselbe von ihr zu denken.
„Seien Sie vorsichtig, Frau Römer. Ich interessiere mich nicht mehr für Frauen. – Ich bin eiskalt."
„Uijuijui!", quiekste sie und konnte sich kaum vor Lachen halten.
Es war aber auch wirklich zu komisch.
Sie war überhaupt nicht an einer Beziehung interessiert.

Ihre Reaktion schien ihn zu beruhigen, denn er begann ebenfalls herzlich zu lachen.

**

Es war atemberaubend, wie schnell ihr anfänglicher harmloser Gesprächsversuch zu derart privaten Gesprächen geführt hatte. Das war umso erstaunlicher, als nebenan Frau Hansmann saß, die jedes Wort mithören konnte.

Was trieb ihn dazu, derart private Dinge in ihrer Anwesenheit zu sagen? Paula war überzeugt, dass sie ihm jedenfalls nur deshalb so offen antwortete, weil sie mit dem Rücken zu Frau Hansmann saß. Hätte sie dauernd ihr Gesicht vor Augen, wären ihr die Worte wahrscheinlich im Hals stecken geblieben.

**

Wenn man tagein, tagaus im Büro arbeitet, wird das ganze Leben immer mehr von dem Rhythmus aus Aufstehen, Arbeiten, Hausarbeiten, Essen und Schlafen bestimmt. Paula hatte das Gefühl abzustumpfen und verspürte den Drang auszubrechen.

Sie musste unbedingt wieder etwas Neues tun.

Schon seit längerer Zeit reizte sie der Gedanke, Klavier spielen zu lernen. In ihrer Kindheit hatte sie Blockflöte und Klarinette gespielt, beides aber irgendwann aufgegeben. Die Idee, einmal ein Instrument auszuprobieren, mit dem man zwei Stimmen gleichzeitig spielen konnte, faszinierte sie. Sie entschloss sich, die Sache in Angriff zu nehmen, kaufte sich ein elektrisches Digital-Piano und begann mit einem Kurs an einer der privaten Musikschulen, die nicht ganz so teuer waren.

In einer der Mittagspausen erzählte sie Herrn Fuhrmann davon.

„Ich habe auch Klavier spielen gelernt", überraschte er sie. „Das war vor ungefähr zehn Jahren. Damals habe ich mir genau wie Sie ein elektrisches Piano gekauft. Aber Klavier ist ein sehr schwieriges Instrument, weil man mit jeder Hand zum Teil sogar mehrere Stimmen spielen muss. Ich habe die Stücke nie so beherrscht, dass sie wie die Originale klangen."
„Das ist ja auch nicht das Wichtigste dabei",

meinte Paula. „Hauptsache es macht Spaß."
„Nein", schüttelte er den Kopf, „wenn ich eine Sache schon anfange, dann muss sie auch perfekt sein. – Eine Zeit lang habe ich versucht, den fehlenden Klang dadurch auszugleichen, dass ich mir immer die neuesten Modelle von E-Pianos gekauft habe. Die Entwicklung machte rasante Fortschritte. Bei den Anfangsmodellen konnte man praktisch nur erahnen, dass es sich um Klaviertöne handelte, weil man versucht hat, die Töne elektronisch nach zu produzieren. Mittlerweile werden die echten Klaviertöne ja digital gesampelt und man ruft sie durch den Druck der Tasten nur ab. Ich glaube, ich habe damals insgesamt so 10.000 € für die verschiedenen E-Pianos ausgegeben. Als ich schließlich feststellte, dass ich trotzdem nicht an den Klang der großen Meister herankam, habe ich das Klavierspielen ganz aufgegeben."

**

Auch wenn Paula nicht bestreiten konnte, dass das Zusammensein mit ihrem Kollegen die Arbeit für sie erträglicher machte, so freute sie sich doch immer noch unheimlich, wenn es endlich Freitag war und das Wochenende nahte.

Umso ärgerlicher, dass sie oft erst noch einkaufen musste, bevor sie nach Hause eilen konnte. Als sie an einem Freitag gegenüber Herrn Fuhrmann darüber stöhnte, antwortete er ihr überraschend: „Trösten Sie sich, das muss ich gleich auch noch."
Auf ihren erstaunten Blick hin fuhr er fort: „Meine Frau darf nicht einkaufen gehen, weil sie einfach nicht mit Geld umzugehen weiß. Außerdem würde sie oft Sachen kaufen, die wir noch zu Hause haben."
„Ah, dann muss sie wahrscheinlich auch alles Geld bei Ihnen abgeben", kommentierte Paula mit einem Augenzwinkern.
„So ungefähr. Sie hat zwar ihr eigenes Konto, aber ich kontrolliere ihre Einnahmen und Ausgaben und setze fest, was sie mir zu zahlen hat. Außerdem habe ich dafür gesorgt, dass sie bei der Bank ihr Konto nicht überziehen darf."
Paula fiel die Kinnlade herunter.
„Das meinen Sie doch jetzt nicht im Ernst?", fragte sie.
„Natürlich. Anfangs hatte sie ein ganz normales Konto, aber als sich dann herausstellte, dass sie immer mehr Schulden durch Überziehung anhäufte, habe ich eine entsprechende Änderung veranlasst."

Paula holte tief Luft. Nein, sie würde sich jetzt nicht auf eines dieser endlosen Streitgespräche einlassen. Sie wollte sich die Vorfreude auf das Wochenende nicht verderben lassen.

„Na ja, wie auch immer", schnitt sie ihm das Wort ab, um nicht weitere skurrile Sachen aus seinem Privatleben hören zu müssen, „ ich freue mich schon auf eine ausgedehnte Fahrradtour mit meinem Freund durch das Münsterland. Die Wettervorhersage ist super. Und was haben Sie vor?"

„Ooch, nicht Besonderes", sagte er gedehnt. „Meine Frau und ich machen keine Touren mehr. Früher sind wir auch Fahrrad gefahren. Wir hatten einen alten VW-Bulli, da kamen dann die Räder rein und los ging´s. Aber meine Frau hat irgendwann Probleme mit den Kniegelenken bekommen und seitdem fahren wir nicht mehr. Und alleine kann ich ja schlecht radeln."

Paula runzelte die Stirn.

„Wieso denn nicht? Es muss doch möglich sein, dass sie mal ein bis zwei Stunden von zu Hause weg sind. Oder sind sie am Wochenende jede Minute mit Ihrer Frau zusammen? Sie wird doch wahrscheinlich auch mal irgendetwas tun, bei dem Sie nicht dabei sind?"

Gunnar schwieg.

**

Am nächsten Montag saß Paula noch halb verschlafen im Büro.
„Mit das Schlimmste an der Berufstätigkeit ist eigentlich, dass man morgens immer so früh aufstehen muss", stöhnte sie.
„Wann stehen Sie denn auf?", fragte er nach.
„Um 6 Uhr", antwortete sie.
„Na, da haben Sie´s doch noch gut."
„Wieso?" Wenn sie an das lange Ausschlafen am Wochenende dachte, konnte sie das nicht ganz einsehen.
„Meine Frau steht jeden Tag um 5 Uhr auf, obwohl sie das gar nicht müsste. Ihre Arbeit beginnt erst um 9 Uhr, aber sie fährt immer schon so früh los, dass sie bereits um kurz nach 8 Uhr da ist. Ich werde dann natürlich auch um 5 Uhr wach."

„Können Sie sie nicht davon überzeugen, später aufzustehen?"
Gunnar sah sie verständnislos an.
„Überzeugen? Ich hab´ den Wecker einfach auf eine spätere Zeit gestellt und fertig."
„Ah, Sie bestimmen also auch, wann aufgestanden wird."
Er überhörte ihren süffisanten Ton und fuhr

unbeirrt fort: „Aber von Woche zu Woche rückt der Uhrzeiger wie von Geisterhand immer mehr auf 5 Uhr zurück."

Sie grinste. Das geschieht ihm Recht, dachte sie. Warum versuchte er nicht, mit seiner Frau eine einvernehmliche Regelung zu treffen? Musste er wirklich immer den Chef mimen? Anscheinend hatte es seine Frau längst aufgegeben, mit ihm über solche Angelegenheiten zu sprechen und versuchte nun, ihren Willen auf andere Art durchzusetzen.

Wahrscheinlich war das für sie sogar der einfachere Weg. Zu welch seltsamen Verhaltensweisen es doch kam, wenn einer der Partner die Macht für sich allein beanspruchte.

„Übrigens", wechselte er das Thema, „ich hab´ am Wochenende auch mal wieder mein Fahrrad aus dem Keller geholt. Und ich muss sagen, es macht mir wieder richtig Spaß zu fahren. Ich hatte schon fast vergessen, wie nah man da an der Natur ist. Allerdings braucht man ganz schön viel Kondition. Ich glaube, ich bin ziemlich aus der Übung. – Vielleicht machen wir ja mal zusammen eine Tour?"

Er sah sie erwartungsvoll an.

Paula verschlug es die Sprache. Allein die Vorstellung, sich mit ihm außerhalb des Büros zu treffen, versetzte sie in Panik. Sie fühlte sich in einer nicht näher zu definierenden Gefahr. Und sie wusste, dass sie nur hier an ihrem Arbeitsplatz unbefangen mit ihm reden konnte. Es schien eine Magie in diesem Raum zu herrschen, die dies ermöglichte.
Andererseits – kaum vorstellbar, dass Gunnar sein Angebot ernst meinte. Es war wahrscheinlich wieder nur so eine Art Spiel. Also spielte sie mit.
„Ja, warum nicht", sagte sie. „Sagen Sie mir vorher Bescheid, wenn Sie kommen wollen."

In der folgenden Zeit kreisten Gunnars Gedanken ständig ums Fahrrad fahren – und vor allem darum, wie er sein Rad noch perfekter machen könnte. Natürlich hatte er sich mittlerweile die obligatorische Fahrradhose und den dazu gehörigen Helm gekauft. Den Helm besorgte er sich über einen Kollegen aus der Firma, der Kontakt zu einem entsprechenden Großhändler hatte. Als der Kollege ihm den Helm überreichte, setzte er ihn sogleich auf. Paula merkte, er war unschlüssig, ob er damit nicht lächerlich wirken würde. Sie fand es gut, dass er sich den Helm zulegte. Schließlich fuhr man damit sicherer.

Trotzdem musste sie sich beherrschen, weil sein Anblick mit Helm völlig ungewohnt war, so dass sie am liebsten laut losgelacht hätte. Aber sie ahnte, dass er ihn dann niemals wieder aufsetzen würde.

„Steht Ihnen doch gut", sagte sie stattdessen. Das musste er ihr wohl geglaubt haben, denn aus seinen Erzählungen hörte sie heraus, dass er ihn trug.

Seine anfängliche Begeisterung für das Fahrradfahren wurde allerdings mehr und mehr von den ungünstigen Bedingungen an seinem Wohnort Hagen gedämpft. Es gab dort sehr viele Steigungen.

„Das Schlimme ist", stöhnte er, „dass ich fast immer zuerst einen Berg hochfahren muss, wenn ich von meiner Wohnung aus starte. Und habe ich diese Steigung erst einmal geschafft, geht es auch schon wieder herunter. Und nach kurzer Zeit wieder herauf…Das geht wirklich an die Grenze meiner Kräfte."

„Warum steigen Sie nicht ab und schieben, wenn Ihnen eine Steigung zu heftig wird?", fragte Paula verständnislos.

Er sah Paula entrüstet an und erwiderte energisch: „Ich schiebe mein Fahrrad nie. Wenn mir die Puste ausgeht, steige ich ab und warte einen Moment, bis ich wieder weiter fahren kann. Beim nächsten Mal schaffe ich den Berg dann mit weniger Pausen und schließlich kann ich ihn ohne abzusteigen hoch fahren. Das zu schaffen, ist für mich wie ein kleiner Triumph."
Paula hatte nicht gewusst, dass man Radfahren auch als Kampfsportart gegen sich selbst betreiben konnte…

Die Zeit verging und irgendwie wartete Paula immer noch darauf, dass sie einmal zusammen eine Tour machen würden, obwohl sie sein Angebot damals nicht so richtig ernst genommen hatte.

„Wann kommen Sie denn mal zum Radfahren vorbei?", fragte sie schließlich ungeduldig.
„Vielleicht im nächsten Sommer."
Er lächelte ausweichend.
Paula war enttäuscht.
„Dann wohne ich schon nicht mehr in Hagen. Mein Freund und ich werden Anfang nächsten Jahres in eine andere Stadt ziehen."
„Haben Sie denn schon eine neue Wohnung gefunden?", fragte er überrascht.

„Nein", log sie.
In Wirklichkeit hatten sie sich mittlerweile ein kleines Reihenhäuschen in einem Neubaugebiet gekauft. Es würde Anfang nächsten Jahres fertig gestellt sein. Aber Paula hatte keine Lust, ihm das zu erzählen. Sie fürchtete, er würde ihr die Freude auf ihre neue Bleibe verderben.
„Na, dann steht das ja noch gar nicht fest", meinte er leichthin.
Er glaubte nicht, dass ihre Umzugspläne ernst gemeint waren.

Und sie ließ ihn in seinem Glauben.

3

Crescendo

Die Unterhaltungen zwischen Gunnar und Paula begrenzten sich mittlerweile nicht mehr auf die Mittagspausen. Und Frau Hansmann schaute sich das nicht länger an. Sie informierte den Junior, der begann, die zwei zu kontrollieren.
Paula hätte die Gefahr erkennen und sich beherrschen müssen. Aber es war ihr einfach unmöglich, sich den Gesprächen zu entziehen, die sie zu lieben begonnen hatte.

Es war klar, dass der Junior so viel Gerede während der Arbeitszeit nicht dulden konnte. Und so sann er auf Abhilfe. Er verlegte sich darauf, Paula jedes Mal mit Arbeit zuzudecken, wenn er sie beim Reden erwischt hatte – Gunnar wurde für sein Verhalten nicht bestraft. Im Gegenteil: Paula bekam auch dann mehr Arbeit aufgehalst, wenn er redete und sie gar nichts sagte. Das machte sie wütend.

Als Paula einmal mehr Papiere für die Zollanmeldung von Drittlandswaren anfertigen musste und er sie trotzdem in ein Gespräch verwickeln wollte, platzte ihr der Kragen.

„Herr Fuhrmann, das ist ja alles ganz interessant, was Sie mir da erzählen, aber ich muss mich jetzt konzentrieren und kann mich nicht mit Ihnen unterhalten."

Er sah sie erschrocken an und ihr tat es sofort leid, ihn so angefahren zu haben.

„Das ist hier wirklich eine schwierige Geschichte", erklärte sie ihm, wieder in ruhigerem Ton.

„Ja, schon gut. Wahrscheinlich hab´ ich´s nötig, dass mir jemand mal so deutlich meine Grenzen zeigt", meinte er.

Sie war verblüfft, nutzte aber seine Einsicht in der folgenden Zeit dazu, die Gespräche während der Arbeitszeit deutlich einzugrenzen und wieder auf den Teil der Mittagspause zu beschränken, die sie mit ihm verbrachte.

Denn Paula hatte es sich mittlerweile angewöhnt, ihre Pausen zwischen Gunnar und Mariella aufzuteilen. Während der Frühstückszeit war sie in Mariellas Büro und in der Mittagspause zur Hälfte bei Gunnar und zur anderen Hälfte bei Mariella.

Doch Gunnar wollte sich mit dieser Lösung nicht abfinden. Er schien es darauf anzulegen, die ganze Mittagspause mit ihr zu verbringen, denn jedes Mal verwickelte er sie in ein Gespräch, wenn sie sich auf den Weg zu Mariella machen wollte. Es fiel ihr zunehmend schwerer, sich von ihm loszueisen, bis sie schließlich aufgab.
Dabei hatte sie ein schlechtes Gewissen gegenüber Mariella, die sie jetzt nur noch in der Frühstückspause besuchte. Sie hatte die feste Absicht, sofort zur alten Regelung zurückzukehren, wenn Mariella das wollte. Aber als sie sie fragte, ob alles o.k. sei, antwortete sie nur: „Ja, ja. Kein Problem. Geh´ ruhig. Das ist nicht schlimm für mich."

Paula war glücklich, dass sie ihr Fernbleiben anscheinend nicht übel nahm.
Aber sie hätte es besser wissen müssen. Nach einer Weile merkte sie, dass Mariella ihr nicht die Wahrheit gesagt hatte, denn in der verbleibenden Frühstückspause wurde sie immer einsilbiger und jedes Mal, wenn sie etwas von Gunnar erzählte, sagte sie nur abfällig: „Ach ja, der tolle Gunnar."

Für eine Rückkehr zu alten Verhältnissen war es aber schon zu spät. Zu sehr genoss Paula die Mittagsplaudereien mit ihrem Kollegen.

Doch nicht nur Mariella vermisste Paula in den Pausen, auch dem Verkaufssachbearbeiter fehlte sein Gesprächspartner. So kam es, dass er Gunnar hin und wieder vorne in der Mittagszeit besuchte.
Bei einer dieser Gelegenheiten zog Gunnar ihn vor Paula damit auf, dass er bestimmte Porno-Seiten im Internet kannte. Als dem Sachbearbeiter die Frotzeleien zu bunt wurden, meinte er nur trocken: „Und Sie haben mir vorhin erzählt, dass sie schon mal im Puff waren."

Paula blieb das Lachen im Hals stecken und Gunnar erschrak, war sich wohl sofort der Wirkung auf Paula bewusst. Der Verkäufer grinste nur, zufrieden über die Wirkung seiner Bombe, die er gerade gezündet hatte, und verließ das Büro.
Eine Weile lang herrschte eisiges Schweigen zwischen den beiden. Sie hatte Gunnar ja einiges zugetraut, aber damit hatte sie dann doch nicht gerechnet.

Gunnar versuchte sich zu rechtfertigen. „Ich war zwar im Puff, aber das heißt ja noch lange nicht, dass ich auch mit einer Nutte geschlafen habe."

Paula zog verächtlich ihre Augenbrauen hoch. „Nee, is schon klar. Sie haben sich nur ihre Briefmarkensammlung angesehen."
Gunnar versuchte weiter, die ganze Sache herunterzuspielen.
„Ich habe Ihnen doch schon erzählt, dass ich damals für ziemlich viele verschiedene Firmen Lkw gefahren bin, unter anderem auch für einen Kohlenhandel, wo ausschließlich Männer beschäftigt waren. Und da hat der Chef eben statt einer Weihnachtsfeier alle in den Puff eingeladen. Sollte ich da etwa ausscheren? Natürlich habe ich nicht mit einer von denen geschlafen. Ich hätte viel zu viel Angst davor, mich mit irgendetwas anzustecken. Ich hab´ nur eine mit aufs Zimmer genommen und wir haben geredet."

„Sie erwarten jetzt aber nicht im Ernst, dass ich Ihnen das glaube?", fragte Paula in scharfem Ton.
„Warum nicht? Ich habe das meiner Frau erzählt und sie hat mir geglaubt."
„Ich bin eben nicht so naiv wie ihre Frau."

Sie fühlte ein Gefühl des Ekels in sich hochsteigen.
Und Gunnar fühlte sich dadurch provoziert.
Auf jeden Fall legte er jetzt erst richtig los.

„Was ist denn schon Schlimmes an dieser Art von Liebe? Die Frauen machen das doch größtenteils freiwillig und außerdem bekommen sie Geld dafür."
Paulas Gesicht verdunkelte sich.
„Sie haben doch überhaupt keine Ahnung – und sie sprechen nicht anders als irgendein x-beliebiger Freier. Es ist kein normaler Job, sich als Ding behandeln lassen zu müssen, das zur Befriedigung irgendwelcher Begierden benutzt wird. Die meisten Frauen zerbrechen innerlich daran. Und jeder Mann, der sich solche Dienste kauft, macht sich mitschuldig."

Wieso versuchte sie überhaupt, ihm das zu erklären? Es gab nicht die geringste Hoffnung, dass auch nur irgendetwas davon bei ihm ankommen könnte.

Und seine Reaktion bestätigte sie nur in ihrer Erwartung.
„Frauen können Liebe und Sex eben nicht trennen. Ich kann mir wünschen, mit einer schönen Frau zu schlafen, ohne dass ich sie

liebe. Eine Frau zu einem one-night-stand zu bringen, ist dagegen eher schwierig. Ich meine, es klappt schon, wenn man sich ordentlich anstrengt…"
Sein blödes Grinsen hätte sie ihm am liebsten aus dem Gesicht geschlagen. Vor Wut wäre sie jetzt fast explodiert.
„Was soll denn dieser Vergleich? Es ist doch wohl ein Unterschied, ob ein Mensch für Sex gekauft wird oder ob er freiwillig aus Spaß Sex hat. Ich hab´ schon genug Frauen erlebt, die abends loszogen, um für die Nacht jemanden ins Bett zu kriegen. Und *sie* haben mir selbst schon erzählt, dass sie auf ihren früheren Lkw-Fahrten häufig entsprechende Angebote von Frauen bekommen haben. Und die waren bestimmt nicht großartig in sie verliebt."
Gunnar wusste darauf nichts zu sagen und sie hatte keine Lust, noch irgendetwas zu sagen.

Das, was er gesagt hatte, hatte sie zutiefst verletzt. Es war nicht das erste Mal, dass sie über seine Ansichten enttäuscht war, aber jedes Mal nahm die Enttäuschung zu. Vielleicht lag das auch daran, dass ihr Kollege ihr schon viel zu sehr ans Herz gewachsen war. Sie konnte nicht verstehen, wie sie jemanden mochte, der so viele Meinungen vertrat, die sie ablehnte. Sicher, es machte ihr

Spaß mit ihm über Gott und die Welt zu diskutieren. Und zum Teil brachten sie diese Gespräche auch nach langer Zeit wieder dazu, ihre Meinungen zu überprüfen und teilweise auch zu ändern.
Ihre Streitgespräche waren wie ein Spiel, aus dem derjenige als Sieger hervorging, der die besseren Argumente hatte. Und sie konnten sich mitten in einem hitzigen Gespräch befinden und im nächsten Moment brachte der eine den anderen zum Lachen. Er hatte einen herrlichen sarkastischen Humor. Trotzdem verlor Paula langsam die Lust an den ewigen Streitereien.
Je mehr sie Gunnar mochte, desto mehr sehnte sie sich danach, dass er ähnliche Meinungen wie sie hatte. Die Streitereien begannen an ihren Kräften zu zehren und sie hatte das Bedürfnis, sich zurückzuziehen.

Erschrocken stellte sie fest, wie sehr sie ihren Kollegen mittlerweile mochte. In ihrem Kopf tauchte plötzlich seine Warnung auf: „Seien Sie vorsichtig, Frau Römer – ich bin eiskalt."

Also zog sie sich von ihm zurück. Ohnehin war ihr nach diesem letzten Streit die Lust auf weitere Gespräche mit ihm gründlich vergangen.

Sie packte in der nächsten Mittagspause einfach ihre Zeitung aus und begann zu lesen. Gunnar versuchte, sie zum Sprechen zu bringen, aber vergebens.
Sie spürte das unbändige Verlangen in sich, ihn genauso zu verletzen wie er sie verletzt hatte. Es dauerte nicht lange, bis er verstand, was gespielt wurde und ebenfalls schwieg.

Aber er beließ es nicht nur bei dem Schweigen. Je länger sie den Kontakt mit ihm ablehnte, desto aggressiver wurde er. Fragte sie ihn bei der Arbeit nach Hilfe, blaffte er: „Stellen Sie sich doch nicht so blöd an" oder „Sie wissen doch auch sonst immer alles besser. Also sehen sie zu, wie sie das alleine schaffen."

Paula war bei weitem nicht so stark, wie sie nach außen hin immer wirkte und im Grunde ihrer Seele sehnte sie sich nach Ruhe und Harmonie. Daher hielt sie das vergiftete Klima auch nicht für längere Zeit aus und gab nach.

Es war wohl der größte Fehler, den sie hatte machen können. Wenn es irgendein Gebiet gab, in dem Gunnar sich hervorragend auskannte, dann war es die Art und Weise, wie man anderen Menschen gegenüber seinen Willen durchsetzen konnte. Er wusste jetzt, wie er sie zur Räson bringen konnte. Und er würde dieses Wissen in Zukunft nutzen.

Aber wusste er auch, dass er in ihrer Seele den Keim für einen Hass gelegt hatte, der in vergleichbaren Situationen immer wieder aufkeimen würde? Und der umso stärker wurde, je stärker sie ihn mochte?

**

Immer deutlicher stellte sich heraus, dass es Gunnar vor allem um eins ging: um die Macht im Betrieb. So dauerte es gar nicht lange, bis es zum Kampf zwischen ihm und Frau Hansmann kam.
Frau Hansmann und er arbeiteten zusammen in der Buchhaltung und bisher hatte immer sie den Ton angegeben, was wie zu erledigen war. Doch Gunnar hatte da so seine eigenen Ansichten, die er durchsetzen wollte. Ein Kampf war unausweichlich.
Frau Hansmann sprach kein Wort mehr mit Gunnar und er mit ihr ebenfalls nicht.
Zu Paula meinte er nur: „Sie muss von sich selbst auf mich zukommen. Ich werde jedenfalls nicht den ersten Schritt tun."

Und tatsächlich, nach zwei Wochen bat sie ihn um irgendeine Rechnungskopie. Er war sofort freundlich und hilfsbereit und das Streitbeil wurde begraben.
Auf Paulas erstaunten Blick hin sagte er grinsend: „Man muss Frauen zeigen, dass sie sich unterzuordnen haben. Allerdings darf man auch nicht zu viel Druck ausüben, sonst erreicht man sein Ziel nicht. Auf die richtige Mischung kommt es an."

Paula drehte sich angewidert um. Sie wusste, dass er von ihr genauso dachte und sie so behandelte. Aber sie erkannte auch, dass er – entgegen seiner Äußerung – diese Methode bei allen Mitarbeitern gleich welchen Geschlechts anwendete, und zwar mit Erfolg. Es faszinierte sie irgendwie, dass seine Methode funktionierte.

Und er hatte genug Gelegenheiten, ihre Wirksamkeit auszuprobieren, denn ähnlich wie mit Paula kam es auch mit Frau Hansmann regelmäßig zu Kämpfen. Erstaunlicherweise liebte es Frau Hansmann aber in den „Friedenszeiten" dazwischen, mit ihm zu tratschen.
Paula war sich bewusst, dass sie Frau

Hansmann in dieser Beziehung glich, was sie irgendwie ärgerte.

Meistens passte Frau Hansmann einen Moment ab, in dem Paula gerade nicht im Raum war, weil sie zum Beispiel gerade etwas im Nebenraum zu tun hatte.
Oft bekam sie noch ein oder zwei Sätze von ihrem Gespräch mit, wenn sie das Büro wieder betrat. Sobald die Chefsekretärin sie aber bemerkt hatte, beendete sie die Unterhaltung abrupt.
Paulas Kollege hörte sich alles mit einer Engelsgeduld an, die sie nur bewundern konnte. Vor allem, weil er eigentlich viel zu tun hatte und deshalb auch oft länger bleiben musste. Manchmal war das Redebedürfnis von Frau Hansmann jedoch so groß, dass sie ihre Geschichten erzählte, obwohl Paula anwesend war.

Ganz besonders liebte sie es, von ihrer Vergangenheit zu erzählen:
„Ich bin von meiner Oma großgezogen worden, die mich über alles liebte. Sie hat mir jeden Wunsch erfüllt. Die Oma hatte einen kleinen Kiosk, in dem alles Mögliche verkauft wurde. Oft habe ich da mitgearbeitet. Morgens, vor der Schule, musste ich putzen

und im Laden helfen, denn wir machten schon um 7 Uhr auf. Da kamen dann die ersten Arbeiter, die sich etwas für ihr Frühstück besorgten oder auch nur Zigaretten kaufen wollten. Nach der Schule ging es direkt wieder in den Laden. Ich habe noch zwei Brüder, die auch von der Oma großgezogen wurden. Wenn die Oma irgendetwas gegen einen meiner Brüder tat, hatte sie es direkt mit mir zu tun. Aber sie konnte mir nie lange böse sein. Ich bekam immer meinen Willen. Mit 14 Jahren bin ich dann schon auf die Handelsschule gegangen. Ich war immer eine der besten und habe meinen Abschluss viel früher als gewöhnlich gemacht. Ich habe dann natürlich auch sofort eine Anstellung bekommen. Nachdem ich in verschiedenen Bereichen gearbeitet hatte, wechselte ich schließlich hierher. Damals hatte die Firma ihren Sitz noch in Köln. Ich bin ja in Köln geboren und wohnte dort zusammen mit meinem Mann. Die Firma war gar nicht weit von unserer Wohnung entfernt.

Ich kann mich noch sehr gut an mein Vorstellungsgespräch erinnern. Der Senior kam etwas zu spät, weil er noch unterwegs gewesen war. Er stürmte ins Büro wie ein Wirbelwind, voller Kraft und Energie. Da war ich schon sehr beeindruckt. Er hat mich auch ohne großes Zögern vom Fleck weg eingestellt. Damals arbeitete noch eine andere Chefsekretärin für ihn und ich habe mit einfachen Bürotätigkeiten angefangen. Aber nach kurzer Zeit ging seine alte Sekretärin in Rente und ich bekam ihre Stelle. Irgendwann wechselte die Firma dann nach Hagen. Ich war damals schon von meinem Mann geschieden, also wechselte ich mit und zog nach Hagen. Das ist mir sehr schwer gefallen. Schließlich bin ich gebürtige Kölnerin! Und obwohl ich schon seit fast 20 Jahren in Hagen lebe, bin ich mit der Stadt nie richtig warm geworden."

Sie redete und redete und redete. Dabei kannten Paula und Gunnar schon 80 Prozent ihrer Geschichten.
„Bestimmt hat Frau Hansmann damals die alte Chefsekretärin vom Senior herausgemobbt", meinte Gunnar, als sie endlich wieder allein waren. „Sie hat sich Stück für Stück ihre heutige Position erkämpft und viele Mitarbeiter mussten gehen, die ihr nicht in den Kram passten oder ihre Machtposition gefährden konnten. Wenn ich mir die Akten ansehe... Der Betrieb hatte früher 20 Beschäftigte. Aber seitdem Frau Hansmann in der Firma ist, hat diese Zahl kontinuierlich

abgenommen."

Paula runzelte die Stirn: „Wenn Sie so schlecht von ihr denken, warum hören Sie ihr dann so geduldig und freundlich zu?"
„Auch wenn Frau Hansmann vieles erzählt, was wir schon 15 Mal und mehr gehört haben, so ist doch manchmal etwas Neues, Wichtiges dabei."
Paula verstand. Seine Engelsgeduld als Zuhörer hatte nur den Zweck, an Informationen zu gelangen – am besten natürlich an solche, die Frau Hansmann von den Chefs erhalten hatte.
Paula hatte bereits gelernt, dass Wissen im Büro Macht und Kontrolle bedeuteten. Besser informiert zu sein als die anderen ermöglichte es, schneller und effektiver zu handeln und sich im Ernstfall auch besser wehren zu können.

Außerdem war für die Chefs auch derjenige von größerer Bedeutung, der viel über die anderen Mitarbeiter und das Betriebsleben wusste.
Da Gunnar im Gegensatz zu Frau Hansmann eigentlich zu allen Mitarbeitern einen guten Kontakt hatte, war er umgekehrt auch für Frau Hansmann als Informant interessant. Sie

hatte Gunnars Talent im Umgang mit Menschen schnell erkannt.
Mit seinem Wissen konnte sie gegenüber der Geschäftsleitung punkten. Und er war ein möglicher Verbündeter, um ihre Interessen im Betrieb durchsetzen zu können.

Gunnar hatte aber mittlerweile nicht nur zu allen Mitarbeitern einen guten Kontakt, er hatte sich durch sein selbstbewusstes Auftreten und seine fachliche Kompetenz auch einen gewissen Respekt erarbeitet. Er war auf dem Weg zur mächtigsten Person hinter den beiden Chefs.

War nicht letztendlich auch seine Freundlichkeit Paula gegenüber Teil seines Machtpokers? Manchmal erschien es ihr so.

Natürlich konnte Gunnar die anderen Mitarbeiter nicht immer ohne weiteres dazu bringen, das zu tun, was er wollte. Aber da er mehr und mehr wichtige Aufgaben an sich zog, waren die anderen zunehmend abhängiger von ihm, so dass es ihnen immer schwerer fiel, sich erfolgreich gegen ihn zu wehren. Schon längst war er nicht mehr nur Buchhalter, sondern betreute auch die gesamte EDV. Er stieg zur Vertrauensperson der Geschäftsleitung auf, was es zusätzlich gefährlich machte, sich mit ihm anzulegen.

Obwohl Paula sah, wie Gunnar immer mächtiger wurde, und obwohl sie sich so oft stritten, fühlte sie sich seltsamerweise von ihm beschützt. Dieses Gefühl hatte sie selbstbewusster werden lassen. Sie meinte, keiner könnte ihr mehr etwas anhaben.
Die meisten ihrer Kollegen meinten das wohl auch und schon allein aus Respekt vor Gunnar ließen sie Paula in Ruhe.
Sie wäre nie auf den Gedanken gekommen, Gunnar könnte sie irgendwann einmal zu etwas zwingen, was ihr zuwider war. Trotz seines Aufstiegs in der Mitarbeiterhierarchie redete sie immer noch genauso unbefangen mit ihm wie ganz am Anfang.

Vielleicht lag es aber auch daran, dass Gunnar nicht nur mächtiger geworden war, er hatte sich auch von seinem Wesen verändert. Aus dem verschlossenen Mitarbeiter war ein warmherziger, temperamentvoller Kollege geworden. Sein Panzer hatte Risse bekommen. Und es war diese Wärme des sonst so knallharten Mannes, die sie ein ums andere Mal fesselte.

Tief in ihrem Unterbewusstsein ahnte sie, dass sie etwas mit dieser Verwandlung zu tun hatte.
Glauben wollte sie es aber nicht. Es war ihr zu unheimlich.
Doch Gunnar merkte auch selbst, dass er nicht mehr derselbe war wie am Anfang.
Einmal meinte er: „Ich werde hier noch langsam zum Softie. Ich beginne tatsächlich, Mitgefühl mit meinen Kollegen zu haben. Das muss am Alter liegen."

**

Zwar war Gunnar zum stärksten Konkurrenten von Frau Hansmann geworden, eine ihrer bittersten Niederlagen erlitt sie aber durch Mariella – ausgerechnet durch diese doch sonst so liebe und hilfsbereite Frau, von der jeder glaubte, dass sie keiner Fliege etwas zuleide tun könnte.

War Mariella schon ihren Kollegen gegenüber hilfsbereit, so galt dies umso mehr, wenn es um die Chefs ging. Besonders lieb war sie gegenüber dem Seniorchef, dem eigentlichen Chef der Firma, und gegenüber Frau Hansmann, weil sie dem Senior so nahe stand.

Der Senior brauchte nur einen kleinen Ton von sich zu geben und schon flitzte sie, was immer er ihr auch befahl.
Paula war es zuwider, auf diese Art dem Chef sozusagen mit beiden Beinen um den Hals zu fallen. Aber Mariella schien immer ganz glücklich zu sein, wenn sie etwas für ihn erledigen durfte.

Nun stand einmal wieder eine Auslandsreise des Seniors an, und zwar nach Polen, woher viele der Importe kamen. Entgegen den normalen Gepflogenheiten sollte diesmal aber nicht Frau Hansmann den Senior begleiten, sondern Mariella.
Frau Hansmann tobte. Paula verstand ihre Aufregung nicht so richtig, denn schließlich gab es gute Gründe dafür, dass der Senior Mariella und nicht Frau Hansmann mitnahm. Mariella war schließlich Polin und konnte für den Senior dolmetschen.

Als Mariella aus Polen wiederkam, änderte sich Frau Hansmanns Verhältnis zu ihr radikal. Sie sprach kein Wort mehr mit ihr und knallte mit den Türen, wenn sie Mariella Büro verließ – sie wusste, dass Mariella das hasste. Außerdem kontrollierte sie sie ständig und suchte nach Fehlern, um sie bei den Chefs schlecht zu machen. Doch damit nicht genug.

Mariella verwaltete ein kleines Archiv mit speziellen Export- und Importadressen. Eines Tages nun, als sie etwas aus diesem Archiv holen wollte, traute sie ihren Augen nicht: Die Akten waren auf den Boden geworfen worden und lagen dort wild verstreut. Nichts stand mehr an seinem alten Platz. Nur die nackten Regale und Aktenträger waren unversehrt geblieben.
Mariellas tagelange Arbeit war nahezu komplett zunichte gemacht worden. Ihr war sofort klar, dass nur Frau Hansmann dies in einem ihrer Wutanfälle getan haben konnte.

„Weshalb tobt sie nur so herum?", fragte Paula verständnislos.
„Weißt Du", antwortete Mariella gedehnt, „wenn Du den Senior auf einer Reise begleitest, dann geht es sehr persönlich zu."
Paula zog fragend die Augenbrauen hoch.
„Als er zum Beispiel etwas essen wollte, habe ich ihm ein paar Brote geschmiert und sie ihm während der Fahrt herübergereicht. Aber damit war er nicht einverstanden.

„Seien Sie doch nicht so unfreundlich zu mir", hat er mich sanft gerügt. Ich musste ihm die Schnitten dann stückchenweise direkt in den

Mund schieben. – Ich habe ihm mehrmals gesagt, dass ich verheiratet bin und eine glückliche Ehe führe. Aber ich kann mir lebhaft vorstellen, was auf solchen Fahrten zwischen Frau Hansmann und dem Senior passiert…"

„Aber warum nimmt der Senior Dich jetzt nicht gegen ihre Angriffe in Schutz? Irgendwie ist er ja die Ursache dafür, dass sie so ausrastet", meinte Paula.
Mariella verzog nur spöttisch den Mund.
„Er nimmt niemals einen Mitarbeiter gegen den anderen in Schutz. „Sie müssen kämpfen, Frau Orlowski", hat er mir einmal gesagt. „Ich will, dass alle darum kämpfen, der oder die beste zu sein. – Wer in diesem Kampf nicht besteht, den kann ich nicht gebrauchen.""

Und Mariella konnte kämpfen. Wie sehr, musste Frau Hansmann in den nächsten Wochen erleben. Sie brach jeglichen Kontakt mit ihr ab und erzählte alle ihre Missetaten haarklein den Chefs und den anderen Mitarbeitern. Sie behandelte Frau Hansmann fortan wie Luft und ließ sie ihren Hass spüren. Auch noch die kleinste Hilfeleistung, die sie früher Frau Hansmann hatte zugutekommen lassen, wurde eingestellt. Frau Hansmann hatte mit dieser harten Gegenreaktion – und vor allem den Einfluss von Mariella auf die Chefs – nicht gerechnet. Sie hatte sie wohl für schwächer gehalten.

Zu guter Letzt musste sie einsehen, dass sie den Kampf verloren hatte. Nun bemühte sie sich um Schadensbegrenzung. Sie versuchte alles, um die Gunst von Mariella wieder zu erlangen, jedoch vergebens.

**

Wer in dieser Firma überleben wollte, hatte natürlich nicht nur gegen seine Mitarbeiter zu kämpfen, sondern auch gegen die Chefs. Man versuchte, möglichst viel aus seinen Arbeitnehmern herauszuholen. Was andererseits zur Folge hatte, dass die meisten Leute, die in den ersten beiden kritischen Jahren nicht durch die Chefs hinaus geworfen wurden, selbst nach ein paar Jahren kündigten. Bessere Jobs für besseres Geld gab es fast überall.
Unter den Mitarbeitern machte zu diesem Thema ein Spruch die Runde: „Wer auf Dauer bei diesem Laden bleibt, ist entweder zu doof oder zu alt."

Die Lagerarbeiter waren besonders schlimm dran. Sie arbeiteten regulär 45 Stunden in der Woche und mussten dazu noch unbezahlte Überstunden leisten. Einen Freizeitausgleich gab es nicht. Im Winter wurde es für sie noch härter. Im unbeheizten Lager herrschten oftmals Temperaturen unter Null Grad. Um wenigstens ein bisschen Wärme tanken zu können, wurde am Lagertisch ein kleiner Gasbrenner aufgestellt.

In Gunnars und Paulas Büro herrschten im Winter zwar keine Minustemperaturen, aber durch ihre Einfachglasfenster zog es lausig. Oftmals legte Gunnar hinter die Scheiben Pappe, um den Luftzug etwas abzumildern. Auch die Wintersonne setzte ihnen regelmäßig zu. Ihr Büro war nach Osten ausgerichtet und da die Computermonitore in Richtung Fenster standen, konnte man in der kalten Jahreszeit mit dem niedrigen Sonnenstand morgens kaum etwas auf dem Bildschirm erkennen.
Einen Schutz vor den blendenden Sonnenstrahlen gab es nicht. Am Fenster hingen nur einfache Gardinen. So lange die Sonne noch nicht aufgegangen war oder bereits wieder untergegangen war, kämpften sie dagegen mit der Dunkelheit. Denn sie

waren als Lichtquelle auf zwei nackte Neonröhren angewiesen, die von der Decke baumelten. Es war unmöglich, den Raum damit taghell zu bekommen.

Ähnlich wie die Lagerarbeiter hatten auch Gunnar und Paula unter dem hohen Arbeitsdruck zu leiden. Bei ihnen wirkte sich das so aus, dass ihr Aufgabengebiet ständig erweitert wurde.

So musste Paula immer mehr Aufgaben aus dem Verkaufsbereich übernehmen.

Die Situation verschärfte sich, als einem der zwei Verkaufssachbearbeiter gekündigt wurde. Nun war ein Platz im Büro des Juniors frei.
Paula schwante Böses. Sicherlich würde der Junior zunächst versuchen, die Lücke irgendwie anders zu füllen, ohne jemand Neues einstellen zu müssen. Personal bedeutete schließlich Kosten.

„Ab heute sitzen Sie bei mir im Büro!"
Die Stimme des Juniors fuhr ihr durch Mark und Bein. Der Schrecken verwandelte sich schnell in Wut, denn ihren Platz in der Nähe von Gunnar würde sie nie aufgeben, eher

würde sie kündigen. Sie befürchtete, ohne ihn wieder genauso hilflos und unsicher zu sein wie am Anfang. Und sie wollte seine Nähe nicht verlieren, die sie mittlerweile brauchte wie die sprichwörtliche Luft zum Atmen.

Außerdem war der Platz hinten beim Junior der reinste Schleudersitz. Schon viele Mitarbeiter waren nach dort hinten beordert worden und kurz darauf wieder gegangen. Wenn der Junior erst einmal merkte, dass sie gar nicht so selbstsicher war, wie er meinte, würde er sie genauso fertig machen wie alle anderen, die in schneller Folge gekündigt worden waren.

Paula fühlte sich in ihrer Existenz bedroht und wehrte sich mit voller Kraft. Sie ging nicht mehr ans Telefon, wenn der Junior anrief und blockte jede Zusammenarbeit mit ihm ab. Gunnar wollte sie beruhigen.
„Jetzt gehen Sie doch erst einmal zu ihm ins Büro. Wenn Sie mit der Stelle nicht klar kommen, können Sie ihn ja immer noch bitten, dass er Sie wieder hier vorne sitzen lässt."

Doch Paula schnaubte vor Wut.

Gunnars Stimme bekam plötzlich einen drohenden Beiklang.
„Sie wissen ganz genau, dass Sie nur als kaufmännische Mitarbeiterin eingestellt worden sind. Sie haben kein Recht, irgendeine Stelle für sich zu verlangen."

Sie stutzte. Was für eine Rolle spielte er denn in diesem Spiel? War es ihm völlig egal, ob sie bei ihm blieb oder ihn verließ?
Man konnte nicht gerade sagen, dass seine Beruhigungsversuche anschlugen. Sie entschloss sich, die Anweisungen des Juniors weiter zu ignorieren.

„Eins sage ich Ihnen", meinte sie zu Gunnar gewandt, „irgendwann verlasse ich den Laden hier und suche mir eine vernünftige Stelle."
Gunnar sah sie spöttisch an. „Das glaube ich nicht."
„Oh doch. Hier möchte ich nicht alt werden."
Er grinste.
„Ich kannte schon Leute, die haben das erzählt und trotzdem nicht gekündigt. Die haben sogar Bewerbungen abgeschickt. Zu den Vorstellungsgesprächen sind sie dann aber nie gegangen."
Aber *ich* werde diesen Laden eines Tages verlassen, dachte sie trotzig.

In ihrer Wut ging sie auch zu Mariella und sagte ihr, dass sie lieber gekündigt werden wollte, als zum Junior ins Büro zu gehen.
Mariella sah sie betroffen an.
„Das sagt sich so einfach. Aber wenn Du dann erst einmal zu Hause sitzt, nichts zu tun hast und auch keine neue Stelle bekommst, siehst Du die Sache schon ganz anders. Glaub´ mir, ich habe das selbst schon erlebt."
„Eine Stelle wie diese hier bekomme ich überall." Davon war Paula felsenfest überzeugt.
Mariella sah sie zweifelnd an. „Da wäre ich mir aber nicht so sicher."

Paula hatte keine Lust, sich weiter von ihr anhören zu müssen, dass sie dem Junior gehorchen musste und verließ Mariellas Büro. Beim Hinausgehen sah sie noch gerade eben, wie der Junior den angrenzenden Waschraum verließ.
Es war klar, er hatte ihr Gespräch mit angehört, denn die Tür zu Mariellas Büro hatte offen gestanden. Paula wurde schlagartig bewusst, dass Mariella sich gerade dem Junior schutzlos ausgeliefert hatte, denn nun wusste er, dass er mit ihr machen konnte, was er wollte – aus Angst, keinen neuen Job zu bekommen, würde sie nicht kündigen.

Paula blieb weiterhin stur bei Gunnar sitzen. Es vergingen ein paar Tage und nichts geschah. Der Junior hatte sich tatsächlich damit abgefunden, dass sie ihm nicht folgte.

Gunnar schüttelte ungläubig den Kopf.
„Sie sind wie Pinocchio. Eigentlich haben Sie hier eine sehr untergeordnete Stellung und hängen sozusagen an den Fäden, die die Chefs in den Händen halten. Aber irgendwie haben Sie es geschafft, sich loszureißen und nach Ihrem eigenen Willen zu tanzen."
In seiner Stimme schwang ein Hauch von Bewunderung mit.
Sie zuckte mit den Schultern und grinste.

Das Thema der Umbesetzung war allerdings noch nicht erledigt. Der Junior beorderte Mariella zu sich nach hinten. Sie war mindestens genauso wütend wie Paula vorher, gehorchte aber.
Allerdings war sie vor allem auf Paula wütend, denn sie nahm an, dass Paula gegen sie intrigiert hatte und sie deshalb nach hinten gehen musste. Sie wusste ja nicht, dass der Junior ihr Gespräch damals belauscht hatte.

Aber Mariella war kein duldsames Schäfchen. Sie erledigte jetzt zwar alle möglichen

Arbeiten des gechassten Sachbearbeiters, jedoch zog sie glasklar ihre Grenzen. Sie nahm keine Telefongespräche an und sperrte sich gegen jede eigenständige Sachbearbeitung. Der Junior duldete das zähneknirrschend.

Paula sollte allerdings noch nicht endgültig Ruhe vor ihm haben. Er dachte sich jetzt wohl: „Nun gut, wenn Sie dort sitzen bleiben will, o.k. Aber was hindert mich eigentlich daran, sie trotzdem als Ersatz für den fehlenden Sachbearbeiter zu benutzen?"
Also kam er mit einer Anfrage an, auf die Paula eigenständig ein Angebot ausarbeiten sollte. Angebote im Verkaufsbereich setzten jedoch ein gewisses Maß an technischer Kenntnis voraus, die sie nicht hatte und die sie sich auch nicht erarbeiten wollte.

Erneut stellte sie sich stur.
„Ich habe davon keine Ahnung. Wenn ich diesen Vorgang bearbeite, dann auf Ihre eigene Gefahr. Schieben Sie es nicht nachher mir in die Schuhe, wenn etwas schief geht. Das ist allein Ihre Verantwortung."
Da bekam er dann doch kalte Füße, denn er versuchte später nicht mehr, ihr solche Sachen aufs Auge zu drücken.

**

Es dauerte nicht lange, bis die Firma auch ihren zweiten Verkaufssachbearbeiter verlor, mit dem Gunnar sich besonders gut verstanden hatte. Er kündigte allerdings selbst.
Alle konnten das gut verstehen, denn er war schon seit fünf Jahren in dieser Firma und wenn er jetzt nicht gewechselt hätte, wäre es für ihn langsam zu spät geworden.
Es hieß, er habe einen besser bezahlten Job gefunden. Nun, das war ja auch nicht wirklich ein Problem.

Seltsamerweise fiel ihm trotzdem der Abschied schwer, insbesondere schien er an Gunnar zu hängen.
Nachdem er den Betrieb schon offiziell verlassen hatte, ging er an ihrem Büro vorbei und winkte ihnen zu. Er traute sich aber nicht hereinzukommen.

Wie Gunnar später feststellte, hatte er ihm seine Telefonnummer unter den Scheibenwischer seines Autos geklemmt. Doch Gunnar ignorierte die indirekte Aufforderung, ihn anzurufen.
„Ich verstehe nicht, warum er noch zur Firma

kommt und versucht, mit mir Kontakt aufzunehmen. Wenn *ich* eine Firma verlassen habe, dann war die Sache für mich endgültig vorbei. Ich habe mich niemals mit ehemaligen Mitarbeitern getroffen. Wenn schon Trennung, dann richtig."

Aber der Ex-Mitarbeiter ließ nicht locker. Er machte es sich zur Gewohnheit, ab und zu bei Gunnar zu Hause anzurufen und ihn in Gespräche über irgendwelche Computerthemen zu verwickeln.
Gunnar ließ die Anrufe über sich ergehen, nahm aber niemals selbst Kontakt auf. Paula verstand nicht, warum der ehemalige Sachbearbeiter trotzdem krampfhaft an Gunnar festhielt.
Sie würde keine Energie in jemanden investieren, der so offensichtlich kein Interesse an einer Beziehung hatte.

Nun stand die Firma also ganz ohne Verkaufssachbearbeiter da. Aber diesmal wurde sofort ein neuer Mitarbeiter eingestellt, denn der Junior wusste ja bereits, dass Mariella und Paula für diesen Posten nicht zur Verfügung standen und eine andere Alternative hatte er nicht.

Der Neue hieß Grünwald und es war bald klar, warum er ausgerechnet hier anfing zu arbeiten. Der Betrieb, in dem er vorher beschäftigt war, hatte Pleite gemacht und er war schon seit längerem arbeitslos. Das war umso unangenehmer für ihn, als er eine Eigentumswohnung besaß, die er noch abbezahlen musste. Er war also der ideale Mann, den man für einen unterdurchschnittlichen Lohn überdurchschnittlich arbeiten lassen konnte.

Er war ein komischer Typ. Er tat immer völlig selbstsicher und konnte den anderen stundenlang mit seinen Geschichten in den Ohren liegen. Auf Anzeichen, dass man jetzt seine Ruhe haben wollte, reagierte er nicht. Er verstand solche Sachen nur, wenn man sie ihm direkt ins Gesicht sagte. Deshalb konnte Paula es gut verstehen, als es ein paar Monate nach seinem Arbeitsantritt hieß, er habe sich von seiner Freundin getrennt.

„Es tut mir leid, dass er keine Freundin mehr hat", kommentierte Gunnar diese Tatsache. „Er ist noch jung. Mit 30 Jahren hat man doch am meisten Spaß an Frauen."
Paula runzelte die Stirn.
„Noch nie was von Sex im Alter gehört?",

fragte sie provozierend.
„Doch sicher, aber das ist nicht mehr so wie mit 30 Jahren, jedenfalls nicht für Männer", meinte er mit einem Augenzwinkern.
„Vielleicht ist Herr Grunwald ja auch schon wieder mit einer anderen Frau zusammen, mit der er nur nicht zusammen lebt", gab Paula zu bedenken. „Man kann schließlich auch jemanden lieben, ohne mit ihm zusammen zu wohnen. Und dass die eine Geschichte beendet ist, heißt ja nicht, dass er nie wieder etwas Neues anfängt."
„Nein", meinte Gunnar bestimmt, „man kann nur einen Menschen richtig lieben. Alles andere ist keine richtige Liebe."

Paula glaubte ihm kein Wort.
„Monogamie kaufe ich Ihnen nicht ab. Oder wie können Sie es sich sonst erklären, dass Sie mit einer Frau verheiratet waren und sich trotzdem in Ihre zweite Frau verliebt haben? Oder haben Sie Ihre erste Frau nicht wirklich geliebt?"

„Doch", antwortete er zögernd. „Sie war sehr attraktiv. – Wie das halt so läuft. Eine Frau sieht gut aus, ist attraktiv und man liebt sie eben dann."
Paula sah ihn verächtlich an.

„Diese Art von Attraktivität hat mich noch nie gereizt. Es gibt zu viele Hohlschädel unter den netten Outfits. Mich fasziniert eher, was hinter der Maske steckt. Wie die Hülle dabei aussieht, ist mir ziemlich egal, wenn es nicht gerade der Glöckner von Notre Dame ist. Wirkliche Liebe gibt es sowieso nur zwischen zwei Menschen, die sich von Ihrem Denken her zueinander hingezogen fühlen. Alles andere ist nichts als Sex."

Er schaute sie nachdenklich und zugleich traurig an. Seine erwartete harte Gegenreaktion blieb aus.
„Schade", meinte er nur leise, „da habe ich wohl wieder auf das falsche Pferd gesetzt."

**

Auch Gunnar war von der ständigen Erweiterung der Arbeitsgebiete betroffen. Es belastete ihn umso mehr, als es sich um Bereiche handelte, die mit der eigentlichen Buchhaltung nichts zu tun hatten – und wofür er natürlich keine Lohnerhöhung bekam.

Irgendwann fing auch er an zu schimpfen.
„Diese Stelle hier ist wirklich eine Katastrophe. Ich möchte endlich mal wieder

die Zeit und Ruhe haben, meine eigentlichen Buchhaltertätigkeiten zu erledigen. Laufend muss ich unbezahlte Überstunden machen. Zum Teil sitze ich hier bis 21 Uhr. – Doch damit ist jetzt Schluss. Ich werde ab sofort auch um Punkt 17 Uhr Feierabend machen, genau wie Sie."

Aus seinen Augen sprühten Funken und er sah so aus, als ob er im nächsten Augenblick explodieren würde.
„Regen Sie sich doch nicht so auf", wollte Paula ihn beschwichtigen.
„Ich will mich aber aufregen, damit die hier endlich mal merken, mit was für einem Mist ich mich herumschlagen muss."
„Und wozu soll das gut sein?", fragte sie.

Er druckste herum.
„Ich will mehr Gehalt. – Bis jetzt habe ich immer nur Empfehlungsschreiben bekommen, wenn ich beim Alten gemosert habe."
Paula sah ihn verständnislos an.
„Was denn für Empfehlungsschreiben?"
„Na ja, so in dem Stil, er leistete gute Arbeit. Aber davon habe ich auch nicht mehr im Portemonnaie."
Aha, daher weht der Wind also, dachte Paula.

„Wenn das hier nicht bald anders wird, suche ich mir eine neue Stelle."
Sie erschrak. Meinte er das wirklich ernst?
In ihr tauchte die Vorstellung auf, wie es hier sein würde, wenn er nicht mehr da wäre und ihr lief es eiskalt den Rücken herunter.
Ohne dass sie ein Wort gesagt hatte, meinte er, immer noch wütend: „Sie glauben doch nicht im Ernst, dass ich darauf Rücksicht nehmen würde."
Er hatte geahnt, was sie gerade dachte. Sie schwieg betroffen.

Seine Wutausbrüche zogen sich über gut zwei Wochen hin, dann wurde er auf einmal wieder ausgeglichen. Hatte er sein Ziel erreicht?
Als Paula ihn fragte, ob sich seine Situation verbessert hätte, verneinte er.
„Und warum bleiben Sie dann trotzdem hier?"
„Die Stelle bietet mir viele Vorteile", meinte er nur kurz.

Paula war verblüfft. Das hatte vor ein paar Tagen noch ganz anders geklungen. Er bemerkte ihr Erstaunen und führte weiter aus: „Wenn ich irgendwo anders arbeiten würde, wäre ich ein Buchhalter unter vielen. Ich hätte nur ein kleines, beschränktes Aufgabengebiet und mir würde schnell langweilig. Ich ertrage es nicht, immer dasselbe zu machen. Ich brauche hin und wieder eine Aufgabe, die mich fordert, auf die ich mich mit meiner ganzen Energie und Kraft stürzen kann. Insofern kommt es mir sehr entgegen, dass ich hier noch so viele andere Sachen mache außerhalb der Buchführung. Und ich bin mein eigener Herr. Ich kann mir meine Arbeit so gestalten, wie ich das gerne möchte. Ich kann tun und lassen, was ich will. Ich muss mich nur dem Chef unterordnen. – Ich habe immer versucht, eine Position zu erreichen, in der ich mich möglichst wenigen Leuten unterordnen muss. Egal, welchen Job ich hatte, ich schaffte es immer, dass es noch jemanden gab, der unter mir stand."

Das konnte Paula gut verstehen, zumindest was die Unterordnung unter andere anging. Aber sich dauernd in neue Sachen einarbeiten zu müssen? Das war nicht Paulas Ding.

„Ich habe gerne meine geregelte Arbeit", sagte sie daher, „so dass ich mir morgens nicht groß überlegen muss, was der Tag wohl bringt und ich abends sofort abschalten kann, wenn ich die Firma verlasse. Ich möchte meine Freizeit genießen. Ich arbeite nur, weil ich das Geld brauche. Ich hänge nicht an dem

Job. Das eigentliche Leben findet nach dem Job statt."

„So habe ich auch einmal gedacht", sagte er zu ihrem Erstaunen.
„Und nun denken Sie nicht mehr so?"
„Sehen Sie, die Freizeit nimmt wesentlich weniger Zeit ein als die Arbeit. – Ich bin mit Ihnen ja am Tag länger zusammen als mit meiner Frau! – Auf der Arbeit verbringen Sie einschließlich der Pausen neun Stunden vom Tag und wenn man noch mindestens eine Stunde für die Hin- und Rückfahrt hinzurechnet, bleiben Ihnen von dem 12-Stunden-Tag zwei Stunden übrig. Und die verbrauchen Sie dann, um sich etwas zu essen zu machen, einzukaufen und sonstigen Haushaltskram zu erledigen. Also haben Sie nur maximal eine Stunde am Tag, die Ihnen Spaß macht und die restliche Zeit sitzen Sie mehr oder weniger ab. Ich will aber etwas vom ganzen Tag haben. Deshalb versuche ich, mir die Arbeit so zu gestalten, dass sie mir möglichst Spaß macht und ich mich dabei wohl fühle."

In dem Punkt waren sie sich gar nicht so unähnlich. Auch sie versuchte, sich ihre Arbeit so einzurichten, dass sie sich relativ wohl

fühlte. Aber dazu brauchte sie nicht dauernd neue Herausforderungen. Im Gegenteil.
Neue, schwierige Arbeiten bargen immer die Gefahr, Fehler zu machen und von den Chefs gnadenlos abgestraft zu werden.
Außerdem gaben ihr Arbeiten, die sie im Schlaf beherrschte, genug Freiraum, um zu träumen und über die unterschiedlichsten Dinge nachzudenken.
Und ohne diese Freiräume konnte sie nicht leben.

**

Mittlerweile war sie eigentlich ganz zufrieden mit ihrem Arbeitsalltag – wenn man mal davon absah, dass sie neun Stunden am Tag in einem völlig verqualmten Büro saß.

Ihr Kollege rauchte damals leider so an die 40 Zigaretten pro Tag.
Als Gunnar gerade eingestellt worden war, ging er immer ins Lager, um eine Zigarette zu rauchen. Irgendwann fragte er Frau Hansmann, ob er sich auch im Büro eine anstecken dürfte.
„Ja sicher", meinte sie, „gegen *eine* ist nichts einzuwenden."

Nur leider wurden aus der einen Zigarette innerhalb kürzester Zeit 40 Stück am Tag.

Anfangs versuchte sie noch, ihn darauf hinzuweisen, dass sie der permanente blaue Dunst störte. Aber ihre zaghaften Vorstöße in dieser Richtung quittierte Gunnar nur mit blöden Sprüchen.
„Es gibt nichts Intoleranteres als Nichtraucher", erwiderte er zum Beispiel. „Oder kennen Sie etwa einen Raucher, den es stört, dass jemand nicht raucht?"
Gunnar schien nicht im Traum daran zu denken, mit dem Rauchen aufzuhören. Sicherlich, als Nichtraucherin hatte sie theoretisch das Recht, einen rauchfreien Arbeitsplatz zu verlangen. Aber das hätte bedeutet, dass sie ihren Posten hier vorne hätte aufgeben müssen. Und das war für sie undenkbar.
So fand sie sich schließlich mit dem verqualmten Büro ab.

Umso überraschter war sie, als Gunnar ihr nach längerer Zeit verkündete, er habe beschlossen, mit dem Rauchen aufzuhören.
„Wie sind Sie denn auf diese Idee gekommen?", fragte sie ihn verblüfft.
„Ich vertrage es einfach nicht mehr",

antwortete er. „Gestern Abend tat mir die ganze Brust weh, als ich eine Zigarette rauchte. Trotzdem konnte ich sie nicht beiseitelegen. Ich ekelte mich vor mir selbst, dass meine Sucht mich so sehr im Griff hatte. Außerdem wurde mir bewusst, dass ich dabei bin, meine Gesundheit ernsthaft zu beschädigen."

Paula lächelte erleichtert. Vielleicht würde sie doch noch einmal in einem Büro ohne Qualm sitzen können. Ihr Lächeln schien er allerdings als Ausdruck eines Triumphs über ihn zu empfinden, denn er wurde sofort aggressiv. „Glauben Sie nicht, dass das heißt, dass ich es auch tatsächlich schaffe. Ich habe es früher schon einmal erfolglos versucht. Und mein Vater hat bereits fünfmal versucht, Schluss zu machen und jedes Mal wieder angefangen. – Abgesehen davon wird das eine ganz schöne Belastung für Sie."
„Wieso denn das?", fragte sie erstaunt.
Er war es doch, der mit dem Rauchen aufhörte und nicht sie.
„Ich bin unleidlich, wenn ich unter Nikotinentzug stehe", erklärte er. „Ich werde ungerecht und aggressiv. Bei meinem ersten Versuch ist meine Frau schließlich selbst zum Zigarettenautomaten gelaufen und hat mir

eine Packung gekauft, nur damit ich mich endlich wieder normal verhalte."

Paula konnte sich das kaum vorstellen – bis er wirklich ernst machte und mit nikotinhaltigem Kaugummi als Entzugshilfe herumexperimentierte.
Er war kaum noch ansprechbar. Jeder Satz von ihr wurde als Angriff gewertet und mit einem entsprechenden Gegenangriff beantwortet. Sagte sie nichts, maulte er an allem Möglichen herum.

Nach ein paar Tagen platzte Paula der Kragen.

„Sie können Ihre schlechte Laune an jemand anderem ausleben als an mir", donnerte sie los. „Wenn *Sie* einen Entzug machen wollen, dann müssen *Sie* die unangenehmen Begleiterscheinungen auch selbst ertragen. Machen Sie nicht andere dafür verantwortlich, dass es Ihnen momentan dreckig geht. Ich bin kein Punching-Ball, an dem Sie ihren Frust abreagieren können."

Er sah sie betroffen an. Kurz darauf begann er wieder zu rauchen und sein Verhalten normalisierte sich.

Na, das war´s dann wohl, dachte sie. Neben Enttäuschung spürte sie auch einen Hauch von Schuldbewusstsein. Wer weiß, wenn sie nicht wütend geworden wäre, hätte er es vielleicht geschafft.
Trotzdem fand sie ihre Reaktion richtig. Sich grundlos angreifen zu lassen, war nicht ihr Ding.

Ein paar Wochen danach fuhr sie in den Urlaub. Als sie zurückkehrte, rauchte er nicht mehr. Sie war überrascht.

„Am ersten Tag, als Sie weg waren, habe ich aufgehört", teilte er ihr freudestrahlend mit.

**

Als der Senior wieder einmal für längere Zeit auf Geschäftsreise ging, feixte Paula ihren Kollegen vielsagend an: „Na, dann wird es ja nicht lange dauern, bis Frau Hansmann sich Urlaub nimmt."
„Wieso denn das?", fragte er erstaunt.
Paula konnte kaum glauben, dass er nicht wusste, was sie meinte.
„Ist Ihnen denn noch nicht aufgefallen, dass unsere Chefsekretärin meistens ein paar Tage nach der Abreise des Seniors Urlaub hat?"

Gunnar runzelte die Stirn. „Sie meinen doch nicht…Das glaube ich nicht."
Paula lächelte überlegen. „Warten wir´s ab."
Und richtig, kurze Zeit später nahm Frau Hansmann Urlaub.
„Das heißt noch gar nichts", wehrte Gunnar ab. Aber seine Neugier war geweckt.

Ein paar Monate später sollte Frau Hansmann den Senior ganz offiziell auf einer Reise zu einem ausländischen Kunden begleiten.
Schon Tage vorher war sie wie ausgewechselt. Sie ging zum Friseur und ließ sich die Haare anders schneiden. Sie lachte viel und sang sogar vor sich hin.

Paula sah Gunnar erwartungsvoll an. „Und?"
„Dass sie in den Senior verknallt ist, ist offensichtlich", meinte er daraufhin. „Aber das bedeutet noch nicht, dass zwischen den beiden wirklich etwas läuft."
„Nee, is schon klar…", kommentierte Paula ironisch.

Ob es die vielen Reisen des Seniors waren, auf die Frau Hansmann ihn offiziell begleitete oder kurz danach Urlaub nahm oder ob Gunnar noch andere Informationen zu hören oder zu sehen bekommen hatte – irgendwann gelangte auch er zu der Überzeugung, dass die beiden ein Verhältnis hatten. Und es war das erste Mal, dass er ein Verhalten des Chefs ihr gegenüber ganz offen missbilligte.

„Er sollte sich scheiden lassen, dann müssten diese dauernden Versteckspielchen nicht sein und es würden endlich klare Verhältnisse geschaffen", sagte er zu Paula. Aber die schaute ihn nur ungläubig an.
„Der Senior und Scheidung? Das glauben Sie doch wohl selbst nicht. Der ist katholisch, da lässt man sich nicht scheiden. Außerdem wird ihm das wohl auch viel zu teuer sein. Und der letzte Grund ist sicher nicht der unwichtigere."
„Ja, da könnten Sie Recht haben", gab er nachdenklich zu. „Auf jeden Fall nervt das Verhalten von Frau Hansmann. Sie verhält sich ja, als ob sie erst 14 Jahre alt wäre."
Paula musste unwillkürlich grinsen.
„Ja, so ist das eben mit der Liebe", flötete sie leichthin, „die kann einen in jedem Alter treffen."

Gunnar wurde plötzlich ernst und sah aus dem Fenster.
„Ich habe mich auch verliebt. Aber das Gefühl ist anders als damals, als ich noch jung war. –

Und ich gehe auch anders damit um."
Paula war starr vor Schreck. Es war nur zu klar, dass er sie damit meinte.
Sie hatte in ihrem ganzen Leben noch nie eine Liebeserklärung erhalten, auch nicht von ihrem Freund. Beziehungen hatten sich bisher immer einfach so ergeben.
Und sie war unfähig, damit umzugehen, geschweige denn, Gunnar einzugestehen, dass sie sich auch in ihn verliebt hatte.

Stattdessen stand ihr vor Panik der Schweiß auf der Stirn. Nur mit Mühe konnte sie den unbändigen Wunsch unterdrücken, der Situation durch das sofortige Verlassen des Büros zu entkommen.

Wenn sie ehrlich war, musste sie sich eingestehen, dass sie vor wirklicher Liebe schon immer eine Heidenangst gehabt hatte. Angst, sich einem anderen komplett auszuliefern, Angst davor, benutzt und verletzt zu werden, Angst davor, die Kontrolle zu verlieren und Angst davor, ihre Freiheit zu verlieren.

Und im Laufe der Jahre war sie eine Meisterin darin geworden, allem zu entkommen, was ihr Angst machte. Auch wenn sie dabei Gefühle

von anderen kaputt machen musste.
So gestand sie ihm nicht ihr eigenes Verliebtsein ein, sondern stellte seines einfach in Frage.

„Wie kann man sich in jemanden verlieben, der so völlig andere Meinungen hat als man selbst?", fragte sie ihn herausfordernd.
„Warum nicht?", fragte er einfach zurück. „Ich finde Beziehungen langweilig, in denen beide der gleichen Meinung sind. Gerade der Gegensatz macht doch den Reiz aus. Die ständigen Kämpfchen sind doch die eigentliche Würze in einer Beziehung."

Das konnte sie nun gar nicht nachvollziehen.
Sie hätte auf die Dauer keine Lust, gegen den zu kämpfen, den sie eigentlich liebte.
Sie könnte es nicht ertragen, jemanden zu lieben, der meistens völlig andere Meinungen vertrat als sie.
Und es war jetzt definitiv Zeit, wieder auf ein neutrales Gesprächsthema zurückzukommen.
Sie lenkte das Gespräch zurück auf Frau Hansmann und den Senior.

„Wie kann sie es ertragen, den Senior zu lieben, der doch gleichzeitig ihr Chef ist?",

äußerte Paula ihr Unverständnis über diese Beziehung.
„Warum sollte sich das ausschließen?", fragte er herausfordernd.
„Weil er ihr Befehle gibt, die sie aufgrund ihrer Stellung auszuführen hat. Weil er sie bestraft, wenn sie ihm nicht gehorcht. Ich könnte so etwas nicht ertragen. Da kann sie sich ja gleich von ihm schlagen lassen. – Lieber würde ich abhauen, als so etwas ertragen zu müssen."

Doch Gunnar sah das ganz anders.
„Und selbst wenn er sie schlagen würde. In extremen Situationen kann das schon mal vorkommen. Das ist doch nichts Ungewöhnliches. Es kommt eben auf die Situation an. Wenn der andere einen extrem gereizt hat, kann es schon mal passieren, dass man zuschlägt. Ich habe meine Frau auch schon geschlagen. Aber da hat sie es dann auch wirklich übertrieben."
In Paulas Kopf begann es zu rumoren. Ihr Kollege wusste ganz genau, dass sie ihn für seine letzten Sätze eigentlich hassen musste.

Sie verabscheute diese Wechselbäder aus gegensätzlichen Gefühlen, in die er sie dauernd stürzte.

Gerade noch machte er ihr eine Liebeserklärung, um als nächstes ihre Abscheu zu provozieren.
Ihre Gefühle kippten einmal mehr in Hass um und sie verspürte wieder diesen tiefen Schmerz des Verletztseins, der es für sie in den nächsten Tagen unmöglich machte, sich mit Gunnar wie sonst zu unterhalten.
Aber Gunnar hatte nicht vergessen, wie er sie das letzte Mal wieder zum Sprechen gezwungen hatte, als sie aus Wut weitere Gespräche mit ihm verweigert hatte.

Er wurde sofort aggressiv.

Paula wurde plötzlich klar, dass sich der Kreislauf aus Harmonie, seinen plötzlichen Attacken, ihrem Schweigen und seiner Aggression immer wiederholen würde. Und sie spürte, wie das an ihren Kräften zehrte.

Es musste doch möglich sein, irgendwie zu einem ausgeglicheneren Verhältnis zu kommen. Sie versuchte es mit einer Art Waffenstillstandangebot:
„Was halten Sie davon: Ich rege mich nicht mehr so über das auf, was Sie mir erzählen und Sie greifen mich weniger an. Was meinen Sie, ist das möglich?"

„Ach, Frau Römer", meinte er bitter, „ich gehe *immer* so weit, bis es dem anderen weh tut. Ich kenne mich. Ich kann nicht anders."

Paula spürte seine Verzweiflung und dachte nach. Anscheinend konnte nur sie allein den Zirkel durchbrechen.
Sie hatte die Macht, die Seite an ihm zu stärken, die weich und verletzlich war und die sie zu lieben begonnen hatte.

Die nächsten Tage nach ihrer kurzen Aussprache waren schlimm. Ihre Ankündigung, sich nicht mehr über das aufzuregen, was er ihr erzählte, ließen ihn erwartungsgemäß mit aller Kraft versuchen, sie gegen sich aufzubringen.
Aber sie blieb ruhig und hörte ihm zu. Ganz allmählich beruhigte er sich. Und sie versuchte sich damit abzufinden, in jemanden verliebt zu sein, der in fast allen Punkten völlig andere Ansichten hatte als sie.

4

Höhenwanderung

Er musste gespürt haben, dass sie bereit war, ihn so zu akzeptieren, wie er war. Seine Offenheit ihr gegenüber kannte keine Grenzen mehr. Er erzählte alles von seiner Familie und seiner Frau, von vielem, was ihn wütend machte oder verletzte und ehe sie es sich versah, konzentrierte sie ihre Kraft mehr und mehr darauf, sich mit ihm auseinanderzusetzen.

Er hatte ihr die Tür zu seiner Seele geöffnet und nun schritt sie teils staunend, teils erschrocken durch diese Landschaft, die ihr auf eigentümliche Weise fremd und zugleich vertraut war.
Sie ging sehr vorsichtig, denn sie wusste, eine falsche Bewegung von ihr und er würde sie hinausschmeißen und das Tor schließen.

Gebannt lauschte sie seiner leisen Stimme.

„Mein Vater ist Rentner. Für ihn zählen nur seine Enkelkinder, also die Kinder meiner Schwester. Die werden von vorne bis hinten von ihm verwöhnt. Mich hat er nie verwöhnt. Wenn ich nicht pariert habe, hat er mich mit dem Stock geschlagen. Und meine Mutter hat keinen Ton gesagt.
Aber die hatte sowieso nichts zu sagen.
Ich kann mich noch daran erinnern, wie ich Werbegraphiker werden wollte. Mein Vater war dagegen. Er sagte mir auf den Kopf zu, dass ich dafür nicht talentiert genug sei.
Aber ich habe trotzdem versucht, eine Ausbildungsstelle zu bekommen. Leider bin ich durch die Aufnahmeprüfung gesegelt. Das war ein Schock für mich. Es war schlimm, dass mein Vater Recht gehabt hatte. Ich war dann eine Zeit lang technischer Zeichner, bevor ich in einem Patentanwaltsbüro arbeitete. Dort habe ich auch meine Frau kennengelernt.
Dass wir beide bei dem gleichen Arbeitgeber arbeiteten, war nicht gut für das Arbeitsverhältnis. Ich konnte einfach nicht unparteiisch bleiben, wenn sie sich über irgendetwas bei mir beklagte, egal, ob sie im Recht war oder nicht.
Sie ist kurze Zeit später gekündigt worden und aus Solidarität habe ich auch gekündigt.
Ich bin dann Lkw-Fahrer geworden. Das

bessere Gehalt lockte mich. Aus heutiger Sicht war das natürlich kurzfristig gedacht, denn nach ein paar Jahren hätte ich in dem Anwaltsbüro sicherlich besser verdient als als Fahrer. Und die Arbeit im Anwaltsbüro hat mir Spaß gemacht.

Als Fahrer habe ich ziemlich oft die Stelle gewechselt. Wenn mir etwas nicht gepasst hat, hab´ ich mich mit dem Chef angelegt und bin gegangen. Gottseidank war der Arbeitsmarkt noch nicht so angespannt wie heute. Ich habe eigentlich immer ziemlich schnell wieder einen neuen Job gefunden. Eine Zeit lang habe ich auch als Lkw-Unternehmer gearbeitet, mit meiner Frau als meiner Angestellten. Aber ich glaube, als Vorgesetzter bin ich ziemlich unmöglich. – Jedenfalls hat sie mir irgendwann kein Essen mehr gekocht."
Er zwinkerte Paula vielsagend zu.
„Da habe ich das mit der Selbständigkeit aufgegeben. Ich fing wieder an, als Arbeiter zu fahren. Mit 40 Jahren hatte ich schließlich einen Autounfall, der meine Halswirbelsäule beschädigte. Die Ärzte verbaten mir, weiterhin Lkw zu fahren. Ein ganzes Jahr lang habe ich gebraucht, bis ich einigermaßen wieder hergestellt war. Praktischerweise ist

meine Frau in dieser Zeit arbeitslos geworden. Sie hat sich ein Jahr lang keinen neuen Job gesucht, um mich bei meiner Rehabilitation unterstützen zu können. Dieses Jahr war für mich eine harte Zeit.
Danach habe ich auf Kaufmann umgeschult. Wie sie sich sicherlich vorstellen können war es sehr schwer, mit 42 Jahren noch einen Job quasi als Berufsanfänger zu bekommen. Deshalb war ich froh, dass der Senior mir noch eine Chance gab."
Er schwieg eine Weile. Sein Blick wanderte zum Fenster und er fuhr fort, ohne sie anzusehen.
„Ich glaube, für meine Frau waren diese Jahre sehr schwer. Ich habe mich praktisch völlig von ihr zurückgezogen."

Er sprach nicht mehr weiter und sie versuchte, seine Erzählungen durch einen Themawechsel wieder in Gang zu bringen.
„Hatten Sie eigentlich eine schwere Kindheit?"
Kaum hatte sie die Frage ausgesprochen, biss sie sich auf die Lippen. Sie hätte ihre Worte am liebsten zurückgenommen, denn es hörte sich so an, als sei sie seine Psychiaterin. Aber wenn man es genauer betrachtete, war dieser Gedanke gar nicht so abwegig. Jedenfalls

schien er ihr ihre Frage nicht übel zu nehmen und lachte leise auf.

„Ich glaube eher, meine Eltern hatten eine schwierige Zeit mit mir."

„Wieso?", fragte sie erstaunt.

„Meine Mutter hatte immer Probleme mit mir. Sie konnte sich einfach nicht gegen mich durchsetzen. Gegen meinen Bruder übrigens auch nicht. Schon als kleines Kind wurde sie nicht mit mir fertig. Zum Beispiel sollte ich eine Tante begrüßen, die zu uns zu Besuch kam. Aber ich mochte sie nicht. Also habe ich ihr vors Schienbein getreten, anstatt sie zu begrüßen. Meine Mutter wusste sich nicht anders zu helfen, als abends immer alles meinem Vater zu erzählen. Und dann gab´s Schläge. Hat aber auch nicht viel geholfen. Sobald ich genauso kräftig war wie er, habe ich zurückgeschlagen und bin anschließend weggerannt. Er merkte, ich war mittlerweile kräftiger und schneller als er. Von diesem Moment an hörte er auf, mich zu schlagen. Ich hab´ praktisch nur noch das gemacht, was ich wollte. Mein Vater wusste schließlich auch nicht mehr, was er mit mir machen sollte. Ich bin dann vorübergehend unter Vormundschaft gestellt worden. Sie wurden einfach nicht mehr mit mir fertig."

„Und was passierte mit Ihrem Bruder? Oder hatten Sie noch andere Geschwister?"
„Eine Schwester hatte ich noch. Die beiden sind aber nicht unter Vormundschaft gestellt worden. – Ich war eben immer schon der Beste."
Er grinste.
Aber sie ging nicht auf seine Provokation ein. Sie wollte mehr wissen.
„Sehen Sie Ihre Geschwister heute noch?"
„Ich hab´ zu beiden so gut wie keinen Kontakt mehr. Mein Bruder ist Alkoholiker. Wir waren früher viel zusammen in Kneipen unterwegs, aber ich hatte das Glück, nie abhängig zu werden. – Mein Bruder war immer der mit den Kumpels, ich war der mit den Mädchen. Seine Kumpels waren und sind ihm wichtiger als alles andere. Er war wegen seiner Sauferei schon ein paar Mal im Krankenhaus, hat Blut gespuckt und so. Er ist sogar schon erwerbsunfähig geschrieben. Lange wird er´s wohl nicht mehr machen. Aber das ist mir egal.
Mit meiner Schwester verstehe ich mich auch nicht mehr.
Früher war das anders. Ich erinnere mich noch daran, wie ihr Hamster gestorben ist. Sie war fürchterlich traurig, denn sie war schon als Kind völlig verrückt nach Tieren. Ich wollte sie

wieder lachen sehen und kaufte ihr einen
Neuen. Ich hab´ einfach behauptet, das alte
Tier wäre gar nicht gestorben. Natürlich hat
sie gemerkt, dass das nicht stimmte.
Heute lebt sie mit zig Hunden zusammen, die
sie überall hin mitschleppt, auch zu uns.
Meine Frau hat aber Angst vor Hunden.
Deshalb habe ich ihr verboten, die Viecher zu
uns zu bringen, was sie aber nicht akzeptiert.
Seitdem herrscht Funkstille zwischen uns.
Wenn ich so mich und meine Geschwister
ansehe, weiß ich wieder, warum ich selbst
keine Kinder haben möchte. Warum sollte ich
mir das antun? Außerdem nehmen Kinder
einem sehr viel Freiheit weg. Und es gibt nur
Stress mit der Frau. – Meine Frau wollte
übrigens auch ein Kind von mir. Aber ich habe
nein gesagt."
„Versteh´ ich gut", meinte Paula, „ich möchte
auch kein Kind."
„Ah, das kann sich noch ändern. Ich kenne
Frauen, die das gesagt haben, und kaum
hatten sie den Partner gewechselt, wollten sie
Kinder ohne Ende."
Sie sah ihn ungläubig an. Das konnte sie sich
für sich nun wirklich nicht vorstellen.
„Wenn Sie so gegen Kinder sind, warum
haben Sie dann das Kind Ihrer zweiten Frau
akzeptiert?"

„Ich hatte gar keine andere Wahl. Wenn ich das Kind nicht akzeptiert hätte, hätte ich mit meiner Frau nicht zusammenleben können. Der Kleine war damals gerade erst sechs Jahre alt. Später hat meine Frau es zur Bedingung gemacht, dass er bei uns wohnen bleiben kann. Wenn ich ihr das nicht gestattet hätte, hätte sie sich von mir getrennt.

Er wohnt jetzt in einem kleinen 2-Zimmer-Apartment, das der Vermieter uns zusätzlich zu unserer eigentlichen Wohnung überlassen hat. Ich habe es an ihn untervermietet. - Was wäre ich froh, wenn er endlich ausziehen würde! Es ist kaum auszuhalten, wie meine Frau ihn vergöttert. Sie ist eine richtige Glucke. Sie und ihr Ei, einfach furchtbar. Sie verwöhnt ihn von vorne bis hinten. Und das war früher schon so.

Stellen Sie sich mal vor, sie hat das „Kind" noch im Alter von sechs Jahren im Kaufhaus die Rolltreppe hoch getragen, damit ihm ja nichts passierte! Wenn ich nicht eingeschritten wäre, würde sie heute noch für ihn kochen, putzen und waschen. Aber das habe ich ihr verboten. Er ist schließlich mittlerweile 30 Jahre alt und müsste langsam gelernt haben, sich selbst zu versorgen."

Paula dachte an die vielen jungen Männer, die sich so lange von der Mama umsorgen ließen, bis sie selbst mit einer Frau zusammen waren, die das dann für sie übernahm.
„Ist er eigentlich noch Single?", fragte sie deshalb.
„Nein, aber mir wäre es fast lieber, er wäre es."
Paula hob erstaunt die Augenbrauen. „Wieso denn das?"
„Er hat eine Freundin, mit der er wie ein Penner zusammenlebt. Sie putzen und waschen nicht und essen tun sie so gut wie gar nichts. Wenn´s hoch kommt, gibt´s was von der Tankstelle oder McDonald´s. Er lebt genauso chaotisch wie sein wirklicher Vater. Der hat auch nie richtig im Leben Fuß gefasst. Wenn mein Sohn nicht damals das Glück gehabt hätte, einen Ausbildungsplatz und eine Stelle als Angestellter im öffentlichen Dienst zu bekommen, bei der er praktisch unkündbar ist, würde er jetzt wahrscheinlich genauso von der Sozialhilfe leben wie sein Vater. Manchmal denke ich, er hat überhaupt keinen Bezug zur Realität."
„Nur, weil er sich nicht um Haushaltsdinge kümmert?", fragte Paula ungläubig.

„Nein, das alleine wäre ja noch zu ertragen. Viel schlimmer ist, dass er und seine Kumpel alles Geld sparen, um Fantasy-Spiele nachzuspielen. Sie besorgen sich Rüstungen, Waffen und so ein Zeug, mieten eine Burg für ein Wochenende und spielen dort die verschiedenen Rollen nach. Seine jetzige Freundin stammt auch aus diesem Kreis. Der Alltag ist für die beiden völlig uninteressant. Sie leben allein für diese Spiele. – Na ja, früher habe ich mit meinem Sohn auch solche Rollenspiele gespielt, in der Freizeit und am Wochenende. Aber ich konnte ja nicht ahnen, dass er sich dermaßen da hinein vertieft. Auf jeden Fall geht ihre Besessenheit mittlerweile so weit, dass sie ihre Bude völlig vernachlässigen. Auf der Spüle stapelt sich das dreckige Geschirr mit den Essensresten und überall in der Wohnung liegt schmutzige Kleidung verstreut herum. Zu Besuch kommt schon lange keiner mehr, weil es ja keinen einigermaßen sauberen Platz gibt, wo man sich hinsetzen könnte."

Paula musste unwillkürlich daran denken, dass er ihr einmal erzählt hatte, er säße in seiner Freizeit stundenlang vor dem Computer und spielte.

„Ziehen Sie sich nicht auch in Ihre eigene, unwirkliche Welt beim Computerspielen zurück?"
Er empfand ihre Frage als Angriff, unterstellte sie ihm doch, für seinen Sohn ein schlechtes Vorbild abgegeben zu haben. Sofort wurde er zornig.
„Okay, ich verbringe meine Wochenenden auch meistens mit Computerspielen. Und ich gebe ja zu, dass ich mich dazu zwingen muss, diese Spiele zu unterbrechen, wenn ich gerade einmal mitten drin bin. Aber ich bin immer noch ansprechbar.
Außerdem haben diese Spiele irgendwie immer mit der Realität zu tun. Zum Beispiel Spiele, in denen man lernt, ein Flugzeug zu fliegen. Und zwar ziemlich originalgetreu. Oder Spiele, in denen es um Autorennen geht. Mich reizen nur solche Spiele, in denen es ums Gewinnen geht oder in denen man bestimmte Fähigkeiten erlernen muss – halt wie im richtigen Leben. Wenn ich erst einmal so gut geworden bin, dass ich ein Spiel gewinne oder die geforderte Fähigkeit erlernt habe, werden die Spiele für mich uninteressant. Das Kämpfen macht mir Spaß, das Überwinden von Widerständen.

Denn darum geht es schließlich auch im wahren Leben. Nur der Stärkere, Bessere setzt sich durch. Wenn man vor etwas Angst hat, muss man diese Angst überwinden. Nur das macht einen langfristig stärker. Und ich mache nichts, was mich schwächt. Auch wenn das Kämpfen zunächst einmal viel Kraft kostet, der Einsatz zahlt sich letztendlich aus."

Er unterbrach seine Ausführungen für einen kurzen Moment und sagte dann wie aus heiterem Himmel: „Ich kann mit Ihnen über ganz andere Dinge reden als mit meiner Frau. Wenn meine Frau nach Hause kommt, redet nur sie und nur über ihre Arbeit. Ich erzähle gar nichts. Und schon gar nicht von meiner Arbeit."
„Warum denn nicht?", fragte sie betroffen.
„Die Arbeit ist doch ein wesentlicher Teil Ihres Lebens – wenn Sie ihr nichts davon erzählen, schließen Sie sie doch davon aus."
Gunnar verschränkte die Arme vor der Brust wie ein trotziges Kind.
„Ich möchte ihr aber nichts davon erzählen. Dann würde ich noch so werden wie mein Vater. Der kann nämlich auch nur noch über seine Arbeit erzählen."
„Ich dachte, er wäre pensioniert?"

Er lachte kurz und gehässig auf. „Theoretisch schon. Aber er hat sozusagen den Absprung nicht geschafft. Er arbeitet trotzdem noch im Betrieb weiter. Obwohl ihn alle schon deshalb anmachen. Einfach schrecklich, wenn jemand nicht in Würde gehen kann."

Paula hatte keine Lust, sich weitere Hasstiraden gegen seinen Vater anzuhören und blockte ihn ab.
„Hat Ihre Frau eigentlich immer schon gearbeitet?", wechselte sie das Thema.
„Nein, als wir geheiratet haben, gab sie ihren Job auf."
„Weil Sie das so wollten, stimmt´s?"
„Schon möglich. Aber damals war der Junge ja auch noch klein. Wer hätte sich um ihn kümmern sollen? Irgendwann habe ich mich dann beschwert, dass sie so gar nichts zu erzählen hat, wenn ich nach Hause komme. Und darauf hat sie gesagt, das liege nur daran, dass sie nicht arbeiten geht. Also ließ ich sie arbeiten gehen. Der Junge war damals allerdings auch schon 17 Jahre alt."

„Ich nehme an, nur unter der Bedingung, dass sie den Haushalt nach wie vor alleine schmeißt." Diese Bemerkung konnte Paula sich einfach nicht verkneifen.
„Schon möglich", antwortete er ausweichend.

**

Nicht nur Paula war klar, dass zwischen ihnen etwas passierte, was über das einfache Verliebtsein hinausging.
„Das letzte Mal, dass ich jemanden so nah an mich heran gelassen habe, war vor über 20 Jahren", gestand er ihr. „Und mit der Person bin ich jetzt verheiratet." Und nach einer kleinen Pause: „Schade, dass ich nicht vor 25 Jahren hier angefangen habe."
Ja, dachte Paula, dann wären sie beide noch jung gewesen, das ganze Leben hätte vor ihnen gelegen und dann…Paula verbot sich, den Gedanken weiterzuspinnen.
Gunnar grinste. Er hatte sie genau beobachtet und wusste wohl, dass sie ihn verstanden hatte. Aber sie hasste seine Andeutungen. Wenn er ihr etwas sagen wollte, dann sollte er es offen und unmissverständlich tun. Sonst war er doch auch so kompromisslos in seinen Aussagen.

„Was wäre dann?", hakte sie nach.
Doch er wurde unsicher und zögerte.
„Dann wäre ich hier schon Chef."
Er sah sie verschmitzt an.

Paula war enttäuscht. Aber sie konnte ihm keinen Vorwurf machen. Bisher hatte sie es noch nicht einmal geschafft, ihm ihre Gefühle anzudeuten. Trotzdem war ihr so, als ob er längst wusste, wie es um sie stand.

**

An einem Sommertag, als die Temperaturen auf um die 30 Grad kletterten und die Hitze sich hinter den Einfachgläsern ihres Büroraums staute, trug Gunnar ein dünnes Hemd, das ein paar Knöpfe weit offen stand. Die Ärmel hatte er bis zu den Ellenbogen hoch gekrempelt. Seine Haut schimmerte leicht unter den hellen, weichen Körperhärchen und die kleine silberne Halskette, die er bisher unter seinen Pullis getragen hatte, blitzte bei jeder Bewegung auf. Eine kleine Christopherus-Figur hing daran. Der Schutzpatron der Fahrenden, wie er Paula einmal erzählt hatte, ein Geschenk seiner Frau aus der Zeit, als er noch Lkw gefahren war.

Paula konnte den Blick nicht von ihm wenden. Noch nie hatte sie so viel seiner nackten Haut gesehen.
Er hatte sich nach vorne auf den Tisch gelehnt und sie saß über ein Formular gebeugt, das sie gerade zu bearbeiten hatte. Er war weniger als einen halben Meter von ihr entfernt. Sie hätte nur den Arm ausstrecken müssen, um ihn berühren zu können.

Nun schaute er von seiner Arbeit auf und das zärtliche, warme Strahlen seiner Augen strömte durch ihren ganzen Körper und berauschte sie. Ganz langsam öffnete er Knopf um Knopf seines Hemds, bis es ihm fast bis zum Bauchnabel hin offenstand.
Ihr Herz raste und pochte gegen ihre Brust, als hätte es plötzlich zu wenig Platz in ihrem Körper. Sie konnte kaum noch ihr Verlangen beherrschen, ihn zu berühren, als er sich ganz sanft mit einer Hand über den nackten Arm strich. Ihr war, als könnte sie die Wärme und Weichheit seiner Haut mit ihrer eigenen Hand spüren, diese Wärme, die ihren Körper so in Aufruhr brachte.
Ihre Gefühle schlugen für einen Moment lang wie eine große Welle über ihr zusammen und raubten ihr den Verstand. Einen kurzen Augenblick schloss sie die Augen, rang nach

Fassung. Als sie sie wieder öffnete, begegnete ihr immer noch sein warmer, brauner Blick.

Aber außer Zärtlichkeit lag noch etwas anderes in ihm: das Wissen um ihr Verlangen, das Bewusstsein seiner Macht über ihre Gefühle.

Auch wenn ihr das wohl bewusst war, war sie süchtig nach seiner Nähe. Sie konnte kein Gefühl mehr vor ihm verbergen. Unmöglich glücklich zu sein, wenn er traurig war. Quälend die Zeiten seiner Abwesenheit. Sogar ihre Freizeit machte ihr kaum noch Spaß. Sie war gereizt und unausgeglichen. Sie hatte keine Lust mehr, sich mit Freunden zu treffen. Rein aus einer dumpfen Ahnung heraus, dass sie sich letztendlich schaden würde, wenn sie sich völlig zurückziehen würde, hielt sie ihre Bekanntschaften aufrecht. Aber Treffen wurden zu reinen Pflichtübungen.
Ihr ganzes Denken und Fühlen konzentrierte sich auf Gunnar. Sie konnte sich nicht daran erinnern, dass es ihr jemals zuvor gleichzeitig so gut und so schlecht gegangen war, wie in jener Zeit.

Irgendwo in ihrem Hinterkopf leuchtete ein Alarmsignal auf. Ganz schwach ahnte sie, dass es so ähnlich seiner zweiten Frau gegangen sein musste, die mittlerweile keinerlei Freundinnen oder Bekannte mehr hatte und die sich, da Gunnar sie jetzt nicht mehr so liebte wie anfangs, als Ersatz mit Süßigkeiten vollstopfte.

Ihr wurde ganz schwindlig.
Er war ein verheirateter Mann und es sah nicht so aus, als ob er sich jemals von seiner Frau trennen würde.
Sie war dabei, ihr Leben für einen Mann zu zerstören, mit dem sie höchstwahrscheinlich niemals würde zusammenleben können.
Aber sie war unfähig, etwas gegen ihre Gefühle und ihre immer stärkere Abhängigkeit von ihm zu tun.
Denn er hatte nicht nur die Macht über ihre Seele gewonnen – auch im beruflichen Alltag stützte sie sich mittlerweile völlig auf ihn.

Wenn sie etwas zu tun bekam, das sie noch nicht gemacht hatte oder sie sonstige Probleme hatte, vertraute sie auf seine Hilfe. Er gab ihr das Gefühl, dass ihr an seiner Seite nichts passieren konnte.

Und dieses Gefühl der Sicherheit verlor sie selbst dann nicht, wenn sie tatsächlich auf sich selbst angewiesen war und ihr auch ihr Kollege nicht helfen konnte.
Wie zum Beispiel, wenn Frau Hansmann im Urlaub war und sie ihre Aufgaben erledigen musste.

Paula arbeitete in dieser Zeit immer hochkonzentriert, denn sie wusste, sie durfte sich keinen Fehler leisten.
War Frau Hansmann dann missmutig, wenn sie aus dem Urlaub wiederkam, war Paula erleichtert: Es bedeutete, dass sie kaum einen Fehler hatte entdecken können.

Da die Chefsekretärin keine Fehler mehr in Paulas Arbeit fand, suchte sie fieberhaft nach einer anderen Möglichkeit, Paula vor dem Chef schlecht zu machen.
Und wer suchet, der findet.

Die Gelegenheit ergab sich, als Frau Hansmann von einem Sekretärinnenseminar zurückkam, für das ihr der Chef regelmäßig einen Tag Urlaub gewährte. Ein Zeichen besonderer Hochachtung, denn ansonsten erhielt niemand im Betrieb Bildungsurlaub.

Anscheinend war wohl die Art der Begrüßung am Telefon Thema des Seminars gewesen.
Im Betrieb war es bisher üblich gewesen, sich mit „Firma Officetec, guten Tag" zu melden. Nach dem Seminar aber flötete sie ins Telefon „Guten Tag, Hansmann am Apparat, was kann ich für Sie tun?"
Gunnar verdrehte nur die Augen und Paula konnte sich so gerade eben ein Lachen verkneifen.
Kurze Zeit später verschwand die Chefsekretärin auf der Toilette. Die beiden fühlten sich nun frei genug, ordentlich über sie zu lästern.

„Da kann sie sich demnächst aber Fusseln an den Mund reden, wenn sie diese Begrüßung tatsächlich durchhalten will", gab Gunnar seine Meinung kund.
„Vor allem erkennt man dadurch ja gar nicht mehr, mit welcher Firma man verbunden ist", kritisierte Paula die neue Floskel, „denn den Firmennamen erwähnt sie überhaupt nicht."
Als Frau Hansmann wieder auf ihren Platz zurückkehrte, sah sie ziemlich griesgrämig aus.
Paula stutzte. Hatte sie von dem Gespräch etwas mitbekommen? Aber wie war das

möglich, sie war doch auf die Toilette gegangen?

Paula dachte nach. Die Damentoilette grenzte direkt an ihren Büroraum.
Sie nahm sich vor, selbst zu testen, was und wie viel man noch von diesem Raum aus verstehen konnte.
Als Frau Hansmann ein paar Tage später zu ihnen kam, um mit Gunnar zu quatschen, ging Paula auf Toilette. Und siehe da, im Vorraum konnte man fast jedes Wort verstehen, das nebenan gesprochen wurde.
In der nächsten Zeit beobachtete sie das Verhalten der Chefsekretärin genauer und stellte fest, dass sie immer dann zur Toilette ging, wenn sie etwas gesagt oder getan hatte, von dem sie dachte, dass Paula oder Gunnar nicht damit einverstanden waren. Bei passender Gelegenheit warnte Paula ihren Kollegen.

„Frau Hansmann kann unsere Gespräche von der Toilette aus mithören. Passen Sie auf, was Sie sagen."
Erst wollte er ihr nicht glauben, aber als er die Sache überprüfte, musste er ihr später doch Recht geben.
„Frau Hansmann ist wirklich mit allen Wassern

gewaschen", stellte er halb verächtlich, halb bewundernd fest.

Zwar konnte Paula sich nun in Zukunft entsprechend in Acht nehmen, aber das Gespräch hinsichtlich der Telefonbegrüßung hatte die Chefsekretärin gehört, daran ließ sich nichts mehr ändern.
Und sie nutzte es gegen Paula aus.

„Kommen Sie sofort in mein Büro", herrschte der Senior sie kurze Zeit später an.
Paula schwante nichts Gutes.
Kaum hatte der Senior die Tür geschlossen, schnauzte er sie auch schon an: „Sehen Sie gefälligst zu, dass Sie unsere Kunden am Telefon freundlicher behandeln."

Paula war völlig perplex. Sie sagte am Telefon das, was sie immer schon gesagt hatte, und was noch nie beanstandet worden war: Sie meldete sich mit „Firma Officetec, guten Tag" und verband den Anrufer weiter mit dem Hinweis „einen Moment, bitte".
Gunnar beruhigte sie. „Der hat heute bestimmt nur schlechte Laune."

Aber es dauerte gar nicht lange, da ließ der Senior sie wieder antreten.

„Sie verbinden die Kunden immer noch so unfreundlich", blaffte er sie an.

„Wie soll ich sie denn verbinden?", fragte Paula ihn in höflichem Ton.
Er gab keine Antwort.
„Ich verbinde sie doch nur so, wie ich das schon immer getan habe."
„Wenn Sie zu unseren Kunden nicht freundlich sein wollen, können Sie Ihre unverschämte Art in einer anderen Firma ausleben", tobte er.
Natürlich wollte sie zu den Kunden freundlich sein, erwiderte sie, aber er sollte ihr doch sagen, was sie an ihrem Verhalten ändern sollte.
„Wenn Ihnen meine mündliche Anweisung nicht reicht, kann ich Ihnen das gerne auch noch schriftlich geben."

Paula war schockiert. Er drohte mit nichts anderem als einer schriftlichen Abmahnung.
„Da steckt doch bestimmt Frau Hansmann hinter", sagte sie später zu Gunnar. „Wie könnte der Alte sonst auf solche Ideen kommen."
„Ja, das denke ich auch", stimmte er ihr zu.

Paula war klar, dass sie ihr Telefonsprüchlein irgendwie ändern musste, wollte sie nicht tatsächlich eine Abmahnung oder vielleicht sogar eine Kündigung riskieren. Der Senior würde nicht nachgeben in dieser Angelegenheit.
Sie probierte es mit „einen Moment bitte, ich verbinde". Und tatsächlich, seitdem hatte sie Ruhe vor dem Alten.
Gunnar amüsierte sich: „Krankenschwester Römer greift wieder zum Verbandskasten."

**

Diese verfluchte Sommerzeit!

In demselben Moment, wie sie das gedacht hatte, erschrak sie über sich selbst. Eigentlich liebte sie den Sommer mit seinen langen, warmen Tagen, an denen man so viel draußen unternehmen konnte.
Aber seitdem Freizeit für sie vor allem bedeutete, nicht mit Gunnar zusammen sein zu können, war alles anders.

Außerdem war Sommerzeit Urlaubszeit, also lange Zeiten ohne ihn.
Wie hatte sie sich früher immer auf den Urlaub gefreut!

Jetzt benötigte sie schon die ersten zwei Wochen dazu, nicht mehr an Gunnar zu denken. Wenn sie sich dann endlich in der letzten Woche entspannen konnte, war der Urlaub auch schon wieder um.
Dachte *er* überhaupt hin und wieder einmal in dieser Zeit an sie?

Einmal gestand sie ihm am letzten Tag vor ihrem Urlaub, dass sie ihn vermissen würde. Er blickte sie überrascht an und strahlte. Danach sprühte er nur so vor guter Laune. Er flachste mit ihr herum und sie drohte ihm halb ernst, halb spaßend mit erhobenem Zeigefinger: „Dass sie mich in den drei Wochen ja nicht vergessen!"
Er wurde ernst: „Wie könnte ich das?"
Sie druckste herum.
„Na ja, drei Wochen sind eine lange Zeit."
„Ich hab´ doch nicht Alzheimer", meinte er empört.

Irgendwann fing sie an, ihm aus jedem Urlaub eine Postkarte zu schicken.
Das hätte sie besser sein lassen sollen, denn nun verbrachte sie die restliche Zeit des Urlaubs damit, sich den Kopf zu zerbrechen, was er wohl dazu sagen würde und ob auch tatsächlich er und nicht seine Frau die Karte

aus dem Briefkasten holen würde. Trotzdem schrieb sie ihm und anfangs ging alles gut. Er bedankte sich für die Karte und hatte sich wohl auch tatsächlich darüber gefreut.

Immer wieder bedrängte sie ihn, ihr auch einmal aus dem Urlaub zu schreiben. Aber im Gegensatz zu Paula fuhr Gunnar in seinen freien Tagen in der Regel nicht weg. Schließlich schrieb er ihr, als er mit seiner Frau ihre Verwandten in Norddeutschland besuchte. Es war eine Karte, so wie man sie an Autobahnraststätten kaufen kann. Er hatte nur ein paar Zeilen darauf gekrakelt. Wahrscheinlich hatte er sie in aller Eile an der Raststätte gekauft, geschrieben und direkt eingeworfen.

Es sollte das einzige Mal bleiben, dass er ihr schrieb.

Paulas Urlaubsgrüße dagegen wurden immer ausführlicher und persönlicher. Schließlich schrieb sie ihm, dass sie ihn auch gerne einmal außerhalb der Arbeit treffen wollte.

Als Paula aus dem Urlaub wiederkehrte, traf sie auf einen wütenden Kollegen, der kaum

ein Wort mehr mit ihr sprach. Paula war geschockt und wusste erst gar nicht, was eigentlich passiert war.
Mittags zog er sich die Jacke an und meinte nur kurz: „Es ist wohl besser, wenn ich die Pausen häufiger allein verbringe."

Paula stockte der Atem. Sie versuchte, mit ihm zu sprechen, aber er verschloss sich völlig. Angestrengt dachte sie nach, was wohl passiert war.
Schließlich ahnte sie den wahren Grund.

„War das eigentlich in Ordnung, dass ich Ihnen geschrieben habe?", fragte sie ihn.
„*Dass* Sie mir geschrieben haben, war in Ordnung, aber nicht, *was* sie geschrieben haben."
Und dann erzählte er ihr, dass ausgerechnet diese Postkarte seine Frau aus dem Briefkasten geholt hatte. Sie hatte ihm eine Szene gemacht, weil sie glaubte, dass er eine Freundin hatte.

Was im gewissen Sinne ja auch stimmte.

Paula fühlte sich jedenfalls nicht schuldig, weil sie genau das geschrieben hatte, was sie empfand und wozu er ihr auch den Anlass

gegeben hatte. Was sollten diese ganzen versteckten Liebeserklärungen, dieses dauernde Herumflirten?
Paula bekam es einfach nicht in Einklang mit dem Verhalten, das er jetzt an den Tag legte.

War sie zunächst noch jedes Mal verletzt, wenn er sie wieder in der Pause alleine ließ oder nicht mit ihr redete, kippte dieses Gefühl irgendwann in Wut um und sie stellte jeden Versuch ein, mit ihm zu sprechen. Genau in diesem Moment ging er wieder auf sie zu. Es war fast so, als hätte er auf ihren Zorn gewartet.

Als er ihren erstaunten Blick sah, meinte er nur: „Manche Fehler macht man eben immer wieder."
Er dachte wohl an die Zeit, als er noch mit seiner ersten Frau verheiratet war und eine neue Beziehung begann.

Jedenfalls war ihr Verhältnis bald wieder genauso eng wie früher. Und daher kam Paula auch bald wieder in Versuchung, ihm zu schreiben, zumal sie per Zufall seine E-Mail-Adresse entdeckt hatte, so dass nun nicht mehr die Gefahr bestand, dass seine Frau die Schreiben zu lesen bekam – er hatte ihr

einmal erzählt, dass sie in ihrer Freizeit
niemals an den Computer ging.

So gestand sie ihm, wie viel er ihr bedeutete.
Er tat ganz erstaunt.
„Wie kann denn so etwas sein? Wir sind doch
völlig verschieden!"
„C´est la vie", antwortete Paula ausweichend.

Über Gefühle zu *sprechen* war nicht ihre
Sache.

Aber seine Reaktion hätte sie warnen müssen.
Es sah nicht so aus, als ob er an einer
Beziehung ernsthaft interessiert war.
Doch Paula wollte klare Verhältnisse. Immer
noch hatte sie die Resthoffnung, dass er sie
nur noch nicht richtig verstanden hatte.
So schrieb sie ihm ein letztes Mal: „Ich weiß
nicht, warum ich oft so aggressiv zu Ihnen bin
und wir uns so häufig streiten. Dabei mag ich
unsere Gespräche über alles."

Aber mit dem Schreiben ist das so eine Sache.
Man kann Worte nicht zurücknehmen, die
man aus einer augenblicklichen Stimmung
heraus schreibt. Und da sitzt man dann einen
Tag später und würde am liebsten alles
wieder ungeschehen machen, weil man

entweder zu viel von sich verraten hat oder weil die Realität das damalige Gefühl schon wieder überholt hat.
So ging es nun auch Paula und sie war beruhigt, als er keine Reaktion zeigte. Wahrscheinlich hatte er die Mail gar nicht bekommen.

Doch einige Wochen später sprach er sie an.
„Frau Römer, wir müssen unbedingt miteinander sprechen."
Ihr wurde ganz mulmig zumute.
„Nein, das müssen wir nicht", versuchte sie noch, dem Gespräch auszuweichen.
„Doch", meinte er energisch. „Es ist ja schön und gut, dass Ihnen unsere Gespräche so viel bedeuten. Aber ich will das nicht – ich will das nicht so eng. Und außerdem würde meine Frau eine Freundin nie akzeptieren. Sie meint, wenn ich eine Freundin hätte, wäre das nur ein Zeichen dafür, dass ich bei dieser Frau etwas suchen würde, was ich bei ihr nicht finden könnte. – Und sie hat Recht."

Paula log ihn an, sie hätte die Mail gar nicht abschicken wollen. Es wäre durch ein Versehen geschehen.
Damit war das Thema aus der Welt.

Und sie wusste endlich, wie er zu ihr stand.
Sie war für ihn nur ein netter Zeitvertreib während der Arbeit und nicht mehr.

Nur leider änderte das nichts an ihren Gefühlen.
Sie schienen die ganzen Jahre über in ihr eingesperrt gewesen zu sein wie ein Flaschengeist.
Und seit sie es gewagt hatte, den Verschluss zu öffnen, waren sie nicht mehr einzufangen.

5

Der Abstieg

Wenn Gunnar im Urlaub war, verbrachte Paula die Mittagspausen wieder mit Mariella. Sie erzählten und lachten zusammen fast wie früher.
Aber insgeheim sehnte Paula sich nach dem Tag, an dem Gunnar aus dem Urlaub zurückkehrte. Kaum war er wieder da, zog es sie mit aller Macht zu ihm.

Mariella war natürlich enttäuscht und Paula hatte ihr gegenüber ein schlechtes Gewissen, weil sie sie nur als Lückenbüßerin benutzte und ihr damit weh tat.
Sie beschloss, nicht mehr so egoistisch zu sein und Mariella in Gunnars Urlaubszeit nicht mehr dazu zu missbrauchen, ihr die Mittagszeit angenehmer zu gestalten. Wenn Paula sich schon entschlossen hatte, diese Pausen normalerweise ohne sie zu verbringen, musste sie das eben auch durchhalten, wenn Gunnar nicht da war.

Für Mariella war das sicherlich die bessere Lösung.

Aber da hatte sie sich gründlich getäuscht.
Als Paula ihren Plan bei der nächsten Abwesenheit von Gunnar umsetzte und wie gewöhnlich Mariella in der nächsten Frühstückspause besuchen wollte, war ihr Büro leer.
Und auch am übernächsten Tag war sie verschwunden.
Tags darauf passte Paula sie ab.

„Was ist los? Gehst Du mir aus dem Weg?", fragte sie sie.
Doch Mariella antwortete ihr nicht und verschwand einfach. Also blieb Paula auch in der Frühstückspause allein in ihrem Büro sitzen.

Als Paula Gunnar nach seinem Urlaub morgens nicht mehr in Richtung Mariella verließ, sah er sie fragend an.
„Beziehungen ändern sich eben", erklärte sie ihr Verhalten knapp.
Sie hatte keine Lust, ihm irgendwelche Details zu erzählen. Das war eine Angelegenheit, die nur Mariella und sie anging.

Er grinste, was sie wütend registrierte. Sie wusste, er fühlte sich in seiner Meinung bestätigt, dass Frauenbeziehungen am Arbeitsplatz niemals auf Dauer halten.

Paula hätte gut damit leben können, mit Mariella nur noch rein beruflich zu sprechen, doch Mariella begann, gegen sie zu kämpfen und nutzte dafür jede Gelegenheit.
In einer so kleinen Firma, wie es Officetec war, mussten aber alle Mitarbeiter mit den anderen Kollegen zusammenarbeiten. Und auch wenn Mariella hauptsächlich nur für die Ablage verantwortlich war – auch auf ihr Wissen waren die anderen manchmal angewiesen.

So suchte Paula einmal nach einem Vorordner für die Ablage des Kundenschriftverkehrs, konnte ihn aber nicht finden. Als sie Mariella danach fragte, behauptete sie: „Den habe ich nicht."
Paula sah in zwei hasserfüllte Augen und wusste sofort, dass sie log. Sie versuchte ruhig zu bleiben.
„Und wer hat ihn dann?"

Mariella antwortete ihr nicht. Da platzte ihr der Kragen.

„Mariella, das hier ist kein Spiel, sondern Arbeit", tobte sie los, „und ich will jetzt diesen Vorordner haben!"

Der Wutanfall hatte Mariella wohl beeindruckt, denn sie gab Paula den Ordner. Doch Paula musste jetzt in jedem Fall kämpfen, in dem sie die Mithilfe von Mariella benötigte, weil Paulas Arbeit auf der von Mariella aufbaute.

Es dauerte gar nicht lange, da fing Mariella wieder an, Paula zu siezen. Also gab auch Paula das „Du" auf.
„Ah, man ist wieder per Sie", sagte Gunnar und der ironische Unterton in seiner Stimme war nicht zu überhören. „Das kann Ihnen mit mir nicht passieren. – Ich würde auf der Arbeit nie jemanden duzen."
„Und warum nicht?", wollte Paula wissen.
„Das „Sie" sorgt für die nötige Distanz. „Du Arschloch" sagt sich eben leichter als „Sie Arschloch"."

**

„Es ist nicht zu überhören, dass wir wieder kurz vor einer Messe stehen", raunte Gunnar Paula augenzwinkernd zu. „Frau Hansmann hat schon wieder ihre Erkältung."

Und tatsächlich, gerade jetzt schien es sie schwer erwischt zu haben. Ständig hustete sie und lief verschnupft umher.
„Gerade jetzt", jammerte sie. „Ich hab´ doch noch so viel zu erledigen. Wie soll ich das bloß alles schaffen?"
Sie sollte weniger zu erledigen haben, als ihr lieb war.
Kurzerhand übertrug nämlich der Junior die Organisation des Messestandes und sämtliche Korrespondenz mit dem Messeveranstalter Paula.

Paula schluckte. Dies war eines der Kernaufgabengebiete von Frau Hansmann und eines ihrer Lieblingsaufgaben noch dazu. Sie musste sich also wieder einmal irgendwie die nötigen Kenntnisse über die Arbeitsabläufe beschaffen.
Zunächst beruhigte sie sich: Sie würde in die alten Ordner von Frau Hansmann schauen, wenn diese unterwegs war, so wie sie das mittlerweile schon so oft getan hatte.

Aber so einfach war es diesmal nicht. Frau Hansmann hatte vorsorglich alle wichtigen Unterlagen aus den alten Ordnern entfernt.

Sie zog ein zufriedenes Gesicht, als sie bemerkte, dass Paula Probleme hatte, die übertragenen Arbeiten zu erledigen. Sie wartete nur darauf, dass der Junior ihr die Sachen wieder auf den Tisch legen würde, da Paula nicht dazu imstande war, sie zu erledigen.

Doch diesen Triumpf wollte ihr Paula nicht gönnen. Fieberhaft dachte sie nach, wie sie sich Hilfe holen könnte. Schließlich kam sie auf die Idee, den Messeveranstalter anzurufen und sich Kopien der alten Unterlagen zuschicken zu lassen.
Frau Hansmann zog ihr grimmigstes Gesicht. Wie jedes Mal, wenn eine ihrer Intrigen keinen Erfolg hatte.

„Hören Sie mal, Frau Römer", bemerkte Gunnar, „Frau Hansmann ist plötzlich wieder gesund."
Und tatsächlich, Husten und Schnupfen waren wie durch ein Wunder vergangen.
Vor lauter Wut hatte sie wohl vergessen, weiter die Kranke zu spielen.

**

Endlich war es dann so weit. Senior, Junior und Frau Hansmann machten sich auf den Weg zur Messe. Natürlich nicht, ohne jedem der dableibenden Mitarbeiter einen Berg von Arbeit zu überlassen, damit ja keine Langeweile aufkam.

Kaum war die Tür ins Schloss gefallen, waren die Kollegen nicht wiederzuerkennen. Die Stimmung wurde ausgelassen und fröhlich, überall wurden kleine Schwätzchen gehalten. Paula merkte, dass nicht nur sie diese Zeit herbeigesehnt hatte: Endlich keine ständigen Arbeitskontrollen mehr! Endlich konnte sie so lange mit Gunnar sprechen, wie sie Lust dazu hatte – und die hatte sie reichlich…

Selbstverständlich ahnten die Chefs, dass die Mäuse auf dem Tisch tanzten, sobald die Katze aus dem Haus war. Schon nach einer Stunde klingelte das erste Mal das Telefon. Man erkundigte sich, an was gerade gearbeitet wurde und es wurden neue Aufgaben verteilt.
Jedes eingehende Fax musste zum Messestand weitergeleitet werden, damit sie auch ja nichts verpassten. Sie schienen

wirklich zu glauben, dass die Firma ohne sie sofort im Chaos versinken würde.

Es war ja nicht so, dass die Mitarbeiter das Arbeiten während ihrer Abwesenheit völlig einstellten. Das wäre auch sehr dumm gewesen, denn sobald die Chefs wieder zurückkehrten, kontrollierten sie als erstes, wer was und wie viel erledigt hatte. Aber es war doch ein ganz anderes Arbeiten ohne sie. Alle genossen ihre Freiheit wie Gefängnisinsassen auf Freigang.

Und diesmal wurde ihre Abfahrt zur Messe noch dadurch gekrönt, dass es Freitag war, das Wochenende nahte und schönes Wetter herrschte. Unter diesen Umständen musste sich selbst Paula auf die beiden freien Tage freuen, auch wenn sie in dieser Zeit auf Gunnar verzichten musste.

„Vielleicht gehe ich am Samstag mit meinem Freund zum Christopher Street Day in Köln", überlegte sie laut.
„Zu den Schwulen?"
Gunnar sah sie völlig entgeistert an.
„Ja, warum denn nicht?", fragte sie zurück.
„Also ich möchte mit abartigen Menschen nichts zu tun haben. Homosexuelle sind doch krank! Oder wollen Sie etwa behaupten, dass

es normal ist, als Mann einen Mann zu lieben?", fragt er sie ungläubig.

„Was heißt denn schon normal? Nur weil die Mehrheit der Bevölkerung etwas anderes tut ist man doch noch nicht krank. Warum sollte ein Mann nicht einen Mann lieben?"

„Weil das in der Natur nicht so vorgesehen ist", behauptete Gunnar. „Schließlich sind alle Lebewesen darauf programmiert, sich fortzupflanzen. – Auch eine Frau, die kein Kind bekommt, ist für die Natur ein Fehlschlag."

Paula überhörte seine Stichelei gegen ihre Kinderlosigkeit.

„Mit der Natur können Sie wohl kaum argumentieren. In der Tierwelt gibt es jede Menge Beziehungen zwischen gleichgeschlechtlichen Lebewesen. – Außerdem, was haben Sie für ein komisches Bild von Frauen und Männern? *Den* Mann und *die* Frau gibt es doch gar nicht. Es gibt sehr weibliche und sehr männliche Männer, genauso wie es sehr männliche und sehr weibliche Frauen gibt. Es existiert eben nicht nur schwarz oder weiß, sondern die ganze Palette von schwarz über grau bis hin zu weiß."

„Ich habe jedenfalls keine weiblichen Anteile in mir!", behauptete er.

„*Sie* haben mehr weibliche Anteile in sich, als sie denken", sagte sie ihm auf den Kopf zu.
Er grinste.
„Mag schon sein. Aber ich kann mir nicht vorstellen, einen Mann zu lieben."

„Dass Sie sich das für *sich* nicht vorstellen können, ist doch eine ganz andere Sache. Man muss doch nicht selbst schwul sein, um Homosexuelle tolerieren zu können", sagte sie.

Darauf wusste er nichts mehr zu sagen.

**

Es war schon Herbst, als die Chefs und Frau Hansmann zur Messe fuhren und bereits Anfang nächsten Jahres sollte das Reihenhaus von Paula und ihrem Freund fertig sein für den Umzug.
Die Messe war eine ideale Gelegenheit, Gunnar zu informieren, ohne Gefahr zu laufen, dass Frau Hansmann irgendetwas davon mitbekam.

Informieren musste sie ihn ohnehin irgendwann, da er für alle Personalangelegenheiten zuständig war und

sie ihm ihre geänderte Adresse mitteilen musste.
Es war ein komisches Gefühl, einerseits Gunnar zu lieben und andererseits ihr konkretes Leben so zu planen, als ob er gar nicht existieren würde.
Es fühlte sich schizophren an. Aber ihr Verstand sagte ihr, dass sie richtig handelte. Gunnar war verheiratet und es gab keinen Kontakt zwischen ihnen außerhalb der Firma.

Gunnar reagierte gereizt auf ihre Mitteilung.
„Ich hätte keine Lust, mir ein Reihenhaus zu kaufen", sagte er. „Im übrigen wäre es dafür jetzt ohnehin zu spät. Aber ich wollte es auch nicht. Eigentum bindet zu stark."

„Wieso?", fragte sie verständnislos.
„Man kann seine Entscheidung nicht mehr so einfach rückgängig machen."
Das sah Paula anders.
„Wenn ich keine Lust mehr habe, dort zu wohnen, wird das Haus eben wieder verkauft."
Gunnar sah sie zweifelnd an, daher fuhr sie fort: „Ich hänge nicht an Dingen, Herr Fuhrmann, ich hänge an Menschen."

Gunnar glaubte ihr kein Wort. Er wusste, wie schwer es war, eine solche materielle Sicherheit wieder aufzugeben. Wie schwer es war, etwas aufzugeben, was man sich über längere Zeit mit viel Mühe aufgebaut hatte. Trotzdem ließ er ihre Äußerung unkommentiert, wenn ihm seine Missbilligung auch ins Gesicht geschrieben stand.
Er wusste, gewisse Erfahrungen musste man erst machen, man konnte sie nicht herbeireden.

„Um so ein Reihenhaus kann man ja noch nicht einmal herumgehen", nörgelte er stattdessen.
Paula lachte auf.
„Ich will auch nicht darum herumgehen, ich will drin wohnen."

Er merkte, sie konnte mit seiner Äußerung nichts anfangen, also holte er weiter aus.
„Schon in einer Doppelhaushälfte könnte ich nicht leben, geschweige denn in einem Hochhaus. Deshalb wohnen wir jetzt zur Miete in einem Haus mit Garten, in dem es außer uns und unserem Sohn nur noch eine Mietpartei gibt. – Mein Tick rührt wahrscheinlich aus meiner Kindheit her. Damals war ich mit meiner Mutter fast jeden

Tag bei meiner Oma, die ein kleines Häuschen hatte. Rundherum war Wiese und so. Man konnte jede Menge spielen dort."

„Und jetzt leben Sie schon lange in dem gemieteten Haus?", wollte sie wissen.
„Ja, wir wohnen dort schon seit einigen Jahren, sind aber vorher häufig umgezogen. Meistens gab es irgendwann Krach mit dem Vermieter – und ich habe nie nachgegeben." Er lachte leise auf.
„Gottseidank hatte ich immer eine gute Rechtschutzversicherung."

**

Die Zeit verging und auf einmal sollte es nur noch ein Jahr dauern, bis Frau Hansmann pensioniert würde.
Immer öfter sprach sie das Thema an und es war offensichtlich, dass ihr die Sache nicht ganz geheuer war. Abgesehen davon rückten ihre Bemerkungen Paula und Gunnar ins Bewusstsein, dass sich bald einiges in der Firma verändern würde.

„Na, haben Sie nicht Lust, die Stelle von Frau Hansmann zu übernehmen?", neckte Paula Gunnar.

Doch der winkte dankend ab. Er hatte ganz andere Vorstellungen von seiner zukünftigen Position.

„Der Senior wird auch irgendwann in Rente gehen. Dann muss hier alles neu strukturiert werden. Im Moment macht der Alte ja quasi den Außendienst allein. Wenn er in Rente geht, muss jemand diesen Teil übernehmen und ich denke, dass dann der Junior mehr unterwegs sein wird."
Paula ahnte, was er sich für sich selbst wünschte.
„Und Sie rücken an die Stelle des Juniors?"
Er grinste.
„Na ja, so ähnlich. Eine Prokuristenstellung schwebt mir vor. Natürlich nicht nur auf dem Papier. Ich müsste schon die entsprechenden Vollmachten bekommen – und das entsprechende Gehalt dazu."

Paula war verwundert.

„Ich dachte, Sie wären mittlerweile ganz zufrieden mit Ihrer Stelle, so wie sie ist."
Gunnar nickte.
„Ja, da haben Sie eigentlich auch Recht. Ich habe mir inzwischen eine ganz gute Position als Alleinbuchhalter erarbeitet. Aber wenn

etwas in festen Bahnen verläuft, fängt es an, mich zu langweilen. Mich reizt das Neue, das ich mir erst noch erkämpfen muss. – Aber *Sie* eignen sich eigentlich gut als Nachfolgerin von Frau Hansmann."
Paula war verblüfft.
„Wieso denn das? Ich denke eher, dass jemand Neues eingestellt wird."
Gunnar sah sie zweifelnd an.
„Das glauben Sie doch wohl selbst nicht. Nein, ich nehme an, jemand von uns soll ihre Aufgaben übernehmen. Und Sie bieten sich dafür geradezu an."
Paula schüttelte den Kopf.
„Das sehe ich aber anders."
„Aber Sie vertreten sie doch, wenn sie im Urlaub oder sonst nicht da ist", erklärte Gunnar seine Meinung.
Paula war empört.
„Aber das heißt doch nicht, dass ich ihren Job ganz übernehmen möchte. Ich bin keine Chefsekretärin. Dieses enge Arbeiten mit dem Chef ist mir zuwider. – Wer zu nah an der Sonne ist, verbrennt sich leicht. – Außerdem finde ich es ekelhaft, wie Frau Hansmann um den Seniorchef herumspringt, wenn der nur einen Pieps sagt. Ich eigne mich eben nicht als Sklavin."

„Aber die Stelle bietet doch auch viele Vorteile und Freiheiten", versuchte Gunnar ihr den Job schmackhaft zu machen.
„Die habe ich aber noch nicht entdeckt", erwiderte sie. Und mit fest entschlossener Stimme fügte sie hinzu: „Wenn der Junior mich zwingt, ihre Stelle zu übernehmen, kann er sich gleich nach jemand anderem umsehen."
Forschend sah Gunnar ihr ins Gesicht und sie erwiderte seinen Blick voller Trotz.

**

Jahrelang arbeiteten Gunnar und Paula nun schon zusammen – das heißt, sie saßen zusammen in demselben Büro. Ihre Arbeitsbereiche waren ganz verschieden, denn mit der Buchhaltung hatte Paula nichts zu tun. Sie hatte nie das Gefühl gehabt, dass einer von ihnen dem anderen übergeordnet war und vielleicht war das der Grund gewesen, warum sie mit ihm so offen über alles gesprochen hatte, sich so kompromisslos mit ihm gestritten hatte.
Eines Tages nun forderte er sie auf, ein Schreiben für ihn nach seinen Vorgaben aufzusetzen.

Paula starrte ihn ungläubig an.
Was sollte das? Das war doch seine Arbeit!
Als sie ihm dazu ihre Meinung sagte, zeigte er sich verständnislos. Für die anderen Sachbearbeiter würde sie doch schließlich auch Schreiben anfertigen.
Paula spürte, dass er ihr zeigen wollte, wer der Herr im Haus war.
In ihr kochte es.
Sie vermerkte auf den entsprechenden Unterlagen nur „Was soll dazu geschrieben werden?" und legte die Papiere in ein Körbchen auf dem Pult von Frau Hansmann, wo alle Eingangspost für den Junior gesammelt wurde.

Folgerichtig kam der Junior wenig später mit dem Vorgang zu ihnen ins Büro und legte ihn Gunnar auf den Tisch mit der Aufforderung, die Angelegenheit zu bearbeiten.
„Wie kommen Sie denn an diese Unterlagen?", fuhr Gunnar den Junior wutentbrannt an. „Die hatte ich Frau Römer hingelegt. Sie sollte etwas für mich schreiben."

Natürlich hatte er sich schon vorher angesehen, mit welcher Notiz Paula die Sachen in das Eingangskörbchen des Juniors gelegt hatte.

Sie gab vor, nicht zu wissen, was sie für ihn schreiben sollte.

„Das wissen Sie ganz genau", fauchte er sie an, „Sie wollen bloß keine Arbeiten für mich erledigen."

Das bestritt Paula natürlich. Der Streit ging hin und her, bis der Junior ihr schließlich sagte, dass sie Arbeiten von Gunnar zu erledigen hätte, wenn sie nichts Wichtigeres auf dem Tisch hatte.
In diesem Moment hätte sie beiden Männern am liebsten die Augen ausgekratzt.

Sie konnte ihre Wut kaum beherrschen.

Gunnar war es wohl ähnlich ergangen, denn am nächsten Tag stand er in der Frühstückspause auf und ging aus dem Raum. Ihr war sofort klar, dass das eine Kampfansage bedeutete.
Und ihr war auch klar, wer den Kampf gewinnen würde.

Also warum tagelang leiden, wenn der Ausgang des Kampfes ohnehin feststand? Es war besser, den Frieden möglichst umgehend wiederherzustellen. Auch wenn es sie davor ekelte.

Ihr seltsamer Hass auf ihn, den sie schon in früheren Auseinandersetzungen gespürt

hatte, war wieder da.
Und er war wieder etwas stärker geworden. Trotzdem – ihr Kopf hatte die Oberhand. Und er wusste, dass sie es in dieser Büroatmosphäre nicht lange aushalten konnte.

Aber diesmal liefen ihre verschiedenen Versöhnungsversuche ins Leere. So einfach wollte er ihr es anscheinend nicht machen.
„Was soll ich bloß mit Ihnen machen?", seufzte sie, um das eisige Schweigen zu durchbrechen.
„Ihnen wird schon etwas einfallen, um mir weh zu tun", antwortete er scharf.

Paula war betroffen. Erwartete er wirklich von ihr einen Intrigenkampf gegen ihn? Kannte er sie so schlecht?
„Was sollte ich *Ihnen* denn schon tun, hm?", fragte sie leise.

Es schien ihn zu beruhigen, dass sie nicht gegen ihn kämpfen wollte.

Sie fingen wieder an, miteinander zu sprechen. Aber das eigentliche Problem war damit noch nicht aus der Welt geräumt.

Es war ihr einfach nicht möglich, sich ihm unterzuordnen. Denn sie konnte sich nicht jemandem unterordnen, den sie liebte. Und sie konnte nicht aufhören, ihn zu lieben. Es war ein Teufelskreis.
Sie hatte noch nicht die Zauberformel gefunden, mit der sie ihn durchbrechen könnte.

In der Folgezeit gab er ihr noch einige Male Arbeit und jedes Mal konnte sie ihre Hassgefühle nur mit größter Mühe zügeln. Auch heute weiß sie nicht, ob er damals verstand, was in ihr vorging. Auf jeden Fall war ihm wohl klar, dass er ihr weh tat.

„Wie soll das denn weiter gehen, wenn Frau Hansmann in Rente geht?", fragte er sie schließlich. „Die Aufgaben der Chefsekretärin werden dann neu verteilt. Ich werde einen Teil ihrer Aufgaben übernehmen und werde wahrscheinlich sogar dafür verantwortlich, wie in der Firma die Arbeit organisiert wird. Natürlich kann ich dann nicht mehr alles allein erledigen und muss einiges verteilen. Es gibt

aber nur zwei Personen hier, die für die Sachbearbeiter Arbeiten erledigen – sie und Frau Orlowski. Frau Orlowski hat genau wie Sie schon einiges zu bearbeiten, so dass ich meine Aufgaben auch auf Sie verteilen muss."
Paula begriff, dass er durch sein Verhalten hatte testen wollen, inwieweit sie ihn als Chef anerkannte – und er hatte sie zwingen wollen, ihn jetzt schon als Vorgesetzten zu akzeptieren.
So hätte er dann später leichtes Spiel, wenn er tatsächlich ihr Chef würde.

„So etwas könnte ich nur akzeptieren, wenn der Junior mir eindeutig sagt, dass Sie von nun an mein Vorgesetzter sind", erwiderte sie trotzig. „Sonst hätte ich immer das Gefühl, dass Sie sich einfach das Recht nehmen, mir Arbeit aufzudrücken, die Sie eigentlich selbst erledigen müssten."

Damit war die Diskussion beendet. In der darauf folgenden Zeit arbeiteten sie wieder, als wäre nichts geschehen: Er als Buchhalter und sie mit ihrem eigenen Kram. Sie bekam keine Arbeit mehr von ihm zugeteilt und eigentlich war alles so wie vorher.

Aber Paula wurde das Gefühl nicht los, dass sie turbulenten Zeiten entgegen ging.

**

Zunächst einmal sollte Gunnar nicht viel Kraft für weitere Kämpfe übrig haben: Seine Frau brach sich im Garten den Fuß, musste operiert werden und für längere Zeit im Krankenhaus bleiben.
Praktisch hieß das, dass er jetzt den gesamten Haushalt erledigen musste. Und als sie aus dem Krankenhaus kam, musste er sich auch noch um die Pflege ihres Fußes kümmern. Unter anderem musste der Verband täglich gewechselt werden.
Noch Wochen nach der Operation durfte sie nicht mit dem Fuß auftreten.

Es war bedrückend mit anhören zu müssen, wie er mit seiner Frau umging. Angefangen damit, dass er ihr als erstes im Krankenhaus alles Geld abgenommen hatte, weil sie ja bestohlen werden könnte.

Paula schüttelte nur verständnislos den Kopf.

Sie hatte einmal mehr das Gefühl, in die Abgründe seiner Seele zu sehen.

Aber Gunnar wusste selbst, dass er seiner Frau in dieser Zeit nicht gerade seine liebenswerteste Seite zeigte.

„Ich hasse es, jemanden zu pflegen. Es macht mich aggressiv. Ich tue das nur, weil sie meine Frau ist. Für meine Frau ist das natürlich schlimm. Sie merkt, dass sie nicht so auf mich zählen kann, wie sie das gedacht hat. Im umgekehrten Fall wäre das sicher anders. Meine Frau renkt sich immer ein Bein für mich aus, wenn es mir einmal nicht so gut geht oder ich krank bin. Sie geht ganz in meiner Pflege auf. Manchmal kommt es mir fast so vor, dass es ihr lieber ist, wenn ich krank bin und sie mich pflegen kann als wenn ich gesund bin."

Wenn Paula ihn so erzählen hörte und dann daran dachte, wie er ihr einmal geschildert hatte, wie sehr er seine Frau liebte, wusste sie nicht, was sie glauben sollte.

Einen liebenden Mann hatte sie sich jedenfalls anders vorgestellt.

**

Paula und Gunnar konnten es kaum fassen, als sich der Senior in einem der Winter tatsächlich dazu entschloss, die vorderen Büroräume zu renovieren, also das Büro von Frau Hansmann und das von Paula und Gunnar.
Alles wurde neu gestrichen und der einfache PVC-Boden durch Teppich ersetzt. Jetzt zahlte sich auch das dauernde Gejammer von Gunnar über die blendende Sonne aus: Sie erhielten ein Lamellenrollo und die alte Gardine landete auf dem Müll. Einen Schutz gegen Zugluft hatten sie dadurch allerdings immer noch nicht. Aber man kann eben nicht alles haben.

Während der Renovierungszeit hatte sich Gunnar Urlaub genommen und Frau Hansmann verschwand mit dem Senior ein paar Tage. Angeblich waren sie geschäftlich unterwegs...

Und Paula musste sich einen anderen Platz suchen, um den Handwerkern nicht ins Gehege zu kommen. Das war gar nicht so einfach. Sie befand sich in einer Zwickmühle: Einerseits wollte sie keinesfalls in das Büro des Juniors gehen – sonst würde er womöglich wieder einen Versuch starten, sie zu versetzen. Andererseits gab es ansonsten nur noch einen Arbeitsplatz mit PC im Büro von Mariella.

Angesichts des schlechten Verhältnisses zwischen Mariella und ihr war das keine verlockende Perspektive. Aber sie hatte keine andere Wahl. Der Platz, auf dem sie nun sitzen wollte, wurde nur von Zeit zu Zeit von einem Arbeiter benötigt, der ansonsten im Lager unterwegs war. Sie fragte ihn, ob sie vorübergehend seinen Platz benutzen dürfte und er stimmte zu.

Als Mariella davon erfuhr, stürmte sie wutentbrannt aus dem Raum und setzte sich in das Büro des Juniors. Ihre Abneigung gegen Paula war mittlerweile so groß, dass sie es nicht mehr ertrug, mit ihr in einem Büro zu sitzen.

Nun waren zum ersten Mal seit Paulas Arbeitsantritt beide Büros vorne unbesetzt. Irgendeiner musste aber vorne sitzen, um Gäste zu empfangen und die Telefonzentrale zu bedienen. Paula war klar, diejenige, die nun vorne sitzen musste, würde die Nachfolgerin von Frau Hansmann werden.

Sie erwartete, dass der Junior sie nach vorne setzen würde und schon bei dem Gedanken daran krampfte sich ihr Magen zusammen. Sie wusste, sie würde erneut gegen den Junior kämpfen müssen. Es war ein gefährliches Spiel, das leicht mit einer Kündigung enden konnte.

Aber zu ihrer Überraschung setzte der Junior Mariella auf den Platz der Chefsekretärin. Mariella tobte, denn auch sie war sich der symbolischen Bedeutung dieser Vertretung bewusst.

„Das mache ich nicht mit!", schrie sie mit gellender Stimme. „Eher kündige ich!" Sie rannte durch das Lager an ihrem ehemaligen Büroraum vorbei, in dem Paula saß.
Ihre Stimme fuhr allen durch Mark und Bein.
Sie wirkte wie ein gehetztes Tier auf der Flucht.
Paula hatte ein schlechtes Gewissen.
Im Grunde genommen wusste sie ja, dass sie ursprünglich an Frau Hansmanns Stelle rücken sollte.

Was hatte den Junior dazu bewogen, anders zu entscheiden?

Sie lehnte sich im Stuhl zurück und verschiedene Szenen tauchten wieder in ihrem Kopf auf.
Ihr Gespräch mit Gunnar, als sie ihm sagte, sie würde eher kündigen, als den Job der Chefsekretärin zu übernehmen.
Das Gespräch mit Mariella, in dem Mariella zugab, viel zu sehr an ihrem Job zu hängen, als ihn jemals kündigen zu wollen.
An den Junior im Waschraum nebenan, der alles mit angehört hatte.

Ihr wurde klar: Der Junior hatte den einfacheren Weg gewählt. Von Mariella wusste er, dass sie niemals kündigen würde, bei Paula war es sich da ganz und gar nicht sicher. Bestimmt hatte er die ganze Situation auch schon mit Gunnar durchgesprochen und er hatte sich für sie eingesetzt. Sie war ihm dafür sehr dankbar.

Trotzdem hatte Paula immer noch Angst. Mariella war völlig aufgelöst und weinte. Noch nie hatte sie sie in einer solchen Verfassung gesehen. Würde sie tatsächlich ihre neue Rolle akzeptieren?

Als der Junior zu ihr nach vorne kam, um sie zu trösten, sagte sie ihm entschlossen ins Gesicht: „Das lasse ich nicht mit mir machen. Wenn ich nicht wieder in meinem alten Büro sitzen kann, kündige ich."

Paula befand sich gerade in dem angrenzenden Nebenraum, um Kaffee zu kochen. Ihr stockte der Atem.

„Dann kündigen Sie doch", erwiderte der Junior kaltschnäuzig. „Die Telefonnummer des Seniors lautet wie folgt…" Er gab ihr tatsächlich die Telefonnummer mit der Aufforderung: „Na, nun rufen Sie ihn schon an, dann haben Sie es hinter sich."
Wenn sie jetzt nicht kündigt, dachte Paula, dann wird sie es nie tun, egal, was er von ihr verlangt.
Für einen Moment schien Mariella zu schwanken. Dann wendete sie sich von ihm ab.

Der Junior grinste siegesbewusst.

„Mein Gott, was für ein dreckiges Spiel", dachte Paula, wobei sie sich davon selbst nicht ausnahm.

Es war einer jener Momente, in denen sie sich zuwider war. Das einzige, was sie sich noch zu Gute halten konnte, war, dass sie immer nur für sich selbst gekämpft hatte – sie hatte nicht intrigiert, um irgendeinem anderen zu schaden.

Und trotzdem: Faires, partnerschaftliches Verhalten sah anders aus.
Diese Firma schaffte es wirklich, in jedem Mitarbeiter die schlechtesten Seiten zu wecken.

Andererseits war sie glücklich, weiterhin in der Nähe von Gunnar sitzen zu können.
Sie war wirklich naiv genug zu meinen, auch bei einer Ablösung von Frau Hansmann durch Mariella könnte sie weiterhin ungestört dort vorne mit ihm arbeiten.

Als Frau Hansmann von ihrer „Geschäftsreise" mit dem Senior zurückkehrte, fragte sie Paula als erstes, wer in ihrer Abwesenheit auf ihrem Platz gesessen hatte.
„Frau Orlowski", antwortete Paula ihr.
Frau Hansmann zog erstaunt die Augenbrauen hoch. Ihre Reaktion empfand Paula als Bestätigung, dass tatsächlich diejenige die Stelle von ihr bekommen sollte, die sie

vertreten hatte – und dass sie genauso wie Paula erwartet hatte, dass Paula die Auserwählte sein würde.
Paula dämmerte, dass sie sich absichtlich mit dem Senior für ein paar Tage abgesetzt hatte, um dem Junior so Spielraum für seine Entscheidung zu geben.

**

Nachdem die Renovierungsarbeiten beendet waren und die vorderen Büros wieder in voller Besetzung arbeiteten, rief der Junior Paula in das Büro des Seniorchefs, in dem bereits Gunnar saß.
Er teilte ihr mit, dass ab sofort Gunnar ihr direkter Vorgesetzter sei und sie seinen Anweisungen zu folgen hätte. Er fügte noch hinzu, dass er auf weiterhin gute Zusammenarbeit hoffte, dann war das Gespräch auch schon zu Ende.

Wie betäubt verließ Paula das Büro und wankte zurück zu ihrem Arbeitsplatz.
Mühsam rang sie um ihre Fassung.
„Jetzt haben Sie ja ihr Ziel erreicht", sagte sie nur zu Gunnar. Und leise wie zu sich selbst: „Aber damit habe ich letztendlich gerechnet."

Ihr Kollege grinste sie an. „Dann habe ich ihre Erwartungen ja voll erfüllt."

Sie wusste nicht, ob sie ihm lieber die Augen auskratzen oder losheulen wollte. Dieses grinsende Gesicht war im Moment jedenfalls das letzte, was sie gebrauchen konnte.
So packte sie sich einen Stapel Ablage und verschwand damit in einen anderen Raum, um sich erst einmal zu beruhigen. Die Ruhe und das Alleinsein taten ihr gut und langsam konnte sie wieder klar denken.
Ihr fiel ein, dass sie Gunnar selbst gesagt hatte, sie könnte ihn in einer Vorgesetztenrolle nur dann ertragen, wenn der Junior ihr selbst mitteilen würde, dass er ihr Vorgesetzter sein sollte.
Genau diesen Weg war er jetzt gegangen.

Aber Paula hatte sich schlecht gekannt. Es war ihr *generell* unmöglich, ihn als Vorgesetzten zu akzeptieren.
Es dauerte eine ganze Weile, bis sie sich wieder so weit im Griff hatte, dass sie an ihren Arbeitsplatz zurückkehren konnte.

„Schade, dass Sie die Seite zum Arbeitgeberlager hin gewechselt haben", meinte sie nur. Und nach einer kurzen Pause:

„Bis hierher sind wir ein Stück gemeinsam gegangen. Von nun an trennen sich unsere Wege."
„Das verstehe ich nicht", reagierte Gunnar verblüfft. „Ich bin doch immer noch derselbe. Sicher, in einigen Bereichen werden Sie sich wohl zurückhalten müssen. Aber ich sehe nicht ein, warum sich unser Verhältnis insgesamt ändern sollte.
Diese extreme Trennung in Arbeitgeber- und Arbeitnehmerlager existiert doch gar nicht mehr so, wie Sie sich das denken."

Vielleicht hatte er damit sogar Recht, dachte sie. Aber das, was Sie ihm hatte sagen wollen, war ja eigentlich auch etwas anderes, nämlich dass sie von niemandem Befehle entgegennehmen konnte, den sie liebte.

Aber das konnte oder wollte er wohl nicht einsehen. Oder anders ausgedrückt: Es war ihm viel wichtiger, in der Betriebshierarchie aufzusteigen, als dass er auf so etwas Rücksicht genommen hätte.

In den nächsten Tagen zog Paula sich völlig in sich zurück. Sie hatte keine Lust und keine Kraft mehr zu ihren sonst üblichen Diskussionen. Sie fühlte sich wie betäubt und

konnte keinen klaren Gedanken mehr fassen.
Ihre Arbeit verrichtete sie nur noch rein
mechanisch. Und sie war unfähig, etwas
dagegen zu tun.
Er spürte wohl, dass sich die Situation nicht
von alleine wieder bessern würde und sprach
sie nach zwei Wochen an.

„Wie soll das denn mit uns beiden
weitergehen?", fragte er sie sanft.
Sie zuckte nur mit den Schultern.
 „Keine Ahnung."
„So kann es jedenfalls nicht weitergehen."
Seine Stimme bekam einen entschlossenen
Ton.
„Ich weiß. Viele Alternativen gibt es ja nicht",
meinte sie.

Es war seltsam. Sobald sie zu sprechen
begann, verschwand die Taubheit aus ihrem
Kopf und sie konnte erstmals wieder einen
klaren Gedanken fassen.
„Ich könnte weggehen", dachte sie laut nach.
Gunnar schüttelte den Kopf.
„Das ist keine Lösung."
„Warum nicht?"

Sie schwieg eine Weile. Sie konnte nicht immer weglaufen, wenn Probleme auftauchten. Sie wusste, dass er das eigentlich mit seinem Kommentar meinte.
Er wusste nur scheinbar nicht, dass *er* das Problem war. Oder vielmehr ihre Gefühle für ihn. Warum musste sie denn überhaupt etwas für ihn fühlen?

Sie begann zu lächeln. Plötzlich wusste sie, was sie tun musste.
„Nein, Sie haben Recht", sagte sie. „Ich müsste eigentlich nur einen Teil von mir töten."

Er verstand sie sofort.

„Sich von jemandem zu trennen, ist sehr schwer. Vor allem, wenn man Liebe in Freundschaft verwandeln will. Es gibt viele Leute, die das nicht schaffen. Man muss es dann nämlich fertig bringen, sich von dem Gefühl zu trennen, dass man mit der betreffenden Person verbindet."

Aber sie wusste, dass sie genau das tun musste. Es war der einzige Weg, wenn sie weiter in der Firma bleiben wollte.
Paula dachte zu diesem Zeitpunkt tatsächlich,

man könnte eine Liebe genauso weglegen, wie man einen alten Wintermantel in die Kleidersammlung steckt.

Jedenfalls fühlte sie sich am nächsten Tag wie neu geboren und hatte eine ausgezeichnete Laune.
Gunnar staunte nicht schlecht.

„Wenn man bedenkt, in welcher Stimmung Sie sich noch gestern befanden…", meinte er.
Er kannte sie eben doch nicht so gut, wie er glaubte.
Paula grinste ihn an.
„Tja, wie heißt es nicht so schön: Der Weg ist weit, aber das Ziel ist klar."
Sein Blick verfinsterte sich.
Er ahnte, welche Entscheidung sie getroffen hatte.

Doch ihre Hochstimmung war bald verflogen.
Wie sollte man aufhören, jemanden zu lieben, den man tagein, tagaus sah?
Mehrere Wochen lang versuchte sie, ihn nicht mehr zu mögen, bis sie sich schließlich eingestehen musste, dass das unmöglich war.
Ihr genialer Plan fiel in sich zusammen wie ein Kartenhaus und sie war wieder genauso weit wie vorher.

Wie kam sie nur aus diesem gottverdammten Dilemma heraus?
Sie musste nachdenken, unternahm zu Hause lange Spaziergänge durch die Felder.

Und langsam kamen die Gedanken, wurden logisch und klar.
Was war der eigentliche Grund dafür, dass sie so unter seiner Rolle als Vorgesetzter litt?
Dass sie ihn liebte? Nein, das war es nicht im Wesentlichen.
Es war die Tatsache, dass sie sich die ganze Zeit über vorstellte, dass sie irgendwann mit ihm zusammenleben würde, weil sie ihn ja liebte. Und dass die Vorstellung sie anwiderte, mit jemandem zusammenzuleben, der ihr Befehle geben konnte, nach dessen Pfeife sie zu tanzen hatte – und der in fast allen Punkten Meinungen hatte, die ziemlich genau das Gegenteil von dem waren, was sie dachte.

Ihr wurde schlagartig klar, dass sie niemals mit so jemandem zusammenleben konnte und wollte und dass die Lösung ihres Problems darin lag, diese Vorstellung endgültig zu begraben.
Kaum hatte sie den Gedanken zu Ende gedacht, fühlte sie sich, als würde ihr ein Stein vom Herzen fallen.

Sicher, auf der Arbeit hatte sie ein Stück Freiheit verloren, aber indem sie alles darüber Hinausgehende ablehnte, gehörten Kopf und Herz wieder ihr!
Sollte er doch die unmöglichsten Ansichten haben! Was berührten sie seine Probleme mit seiner Frau und dem Sohn?
Allein im Büro hatte er noch Macht über sie. Und die endete an der Tür.
Er hatte alles daran gesetzt, sie zu unterwerfen. Aber in demselben Moment, wo ihm das gelungen war, hatte er sie verloren.

Auch wenn sie nach außen hin wieder so war wie früher – sie verschloss ihre Seele vor ihm. Und von diesem Moment an hatte sie keine Probleme mehr damit, dass Gunnar ihr Vorgesetzter war.

**

Nach Weihnachten schien ihr Kollege völlig verändert zu sein. Seine braunen Augen schimmerten weich und er lächelte sie ständig an.
Es ging ein Strahlen von ihm aus, das sie nur in der Zeit gesehen hatte, als sie sich beide ineinander verliebt hatten. Sie betrachtete ihn mit Befremden.

„Ich bin so unsicher", sagte Gunnar unvermittelt.
„Wieso?"
„Weil ich nicht weiß, was ich machen soll", meinte er.
Sie runzelte die Stirn.

„Geht es um den Job?", fragte sie.
„Nein", antwortete er ohne weitere Erklärung und lächelte wieder.

Eine weitere Erklärung war auch nicht nötig. Sie wusste, was er meinte. Und sie spürte eine unbändige Wut in sich aufsteigen. Dachte er allen Ernstes, er könnte sie unterwerfen und alles wäre wie vorher?
Sie spürte das abgrundtiefe Verlangen, seine Gefühle für sie für immer zu zerstören, ihm die Lust auf die Herumflirterei ein für alle Mal zu nehmen und provozierte ihn mit irgendeiner Meinung zum Streit, von der sie genau wusste, dass er sie überhaupt nicht teilte. Im Laufe des Gesprächs fuhr sie ihm über den Mund.

„Mit Ihnen könnte ich sowieso nicht zusammen leben", knallte sie ihm an den Kopf.
Gunnar war überrascht.
„Wieso nicht?"

„Immer muss alles nach Ihrem Willen gehen", erklärte sie.
„Aber das stimmt doch gar nicht", wehrte er sich. „Meine Frau bekommt auch ihren Willen."
Paula lachte bitter auf.
„Ja, aber nur, wenn es sich nicht um etwas Wichtiges handelt, ansonsten entscheiden Sie."
„Außerdem sind Sie mir viel zu stark", schob sie nach. „Ich habe keine Lust, mit jemanden zusammen zu sein, der so stark ist."
Dass auch seine Meinungen sie anwiderten, verschwieg sie.
„Aber das kann doch ganz reizvoll sein", grinste er.
Sie sah ihn ungläubig an.
„Ja, im Ernst", fuhr er fort. „Es kann doch Spaß machen, ganz in der Hand eines anderen zu sein und sich ihm unterzuordnen. Und wenn es dann keinen Spaß mehr macht, kann man es ja immer noch beenden."

Sie spürte Ekel in sich aufsteigen, versuchte aber, sachlich zu bleiben.
„Nein, so einfach ist das nicht. Wenn man wirklich schwächer ist als der andere, ist die Gefahr viel zu groß, dass man nicht mehr die Kraft hat, sich aus der Beziehung zu befreien."

Er begriff sehr wohl, dass sie ihm gerade den Laufpass erteilt hatte. Wut und Schmerz über ihre Ablehnung waren ihm ins Gesicht geschrieben.

Und sie wusste, sie würde in den nächsten Tagen wieder zu leiden haben.

Wie erwartet, griff er sie in der Folgezeit an, wo sich auch nur die kleinste Gelegenheit bot. Sie wich ihm aus, so gut es ging. Es hätte keinen Zweck gehabt, ihm mit der gleichen Aggressivität zu begegnen, denn das war ja gerade das, was er erreichen wollte.
Sie versuchte, seine Wut etwas abzumildern, indem sie ihm zu verstehen gab, dass sie ihn ja trotzdem immer noch mochte.
Das verstand er aber völlig falsch.
„Wenn eine Frau nein sagt, ist die Sache für mich erledigt. Eine zweite Entscheidung akzeptiere ich nicht", blaffte er.

Sie hatte ihre Entscheidung ja auch gar nicht geändert.

Nach einem seiner Angriffe stöhnte sie genervt: „Was ist hier eigentlich los? Haben wir schon wieder Frühling?"

Er schaute sie verdutzt an und musste lächeln.
Das erste Mal seit über zwei Wochen.

Sie war erleichtert – und gleichzeitig
verwundert darüber, mit welch seltsamen
Satz sie seine Aggressivität gestoppt hatte.

6

Eiszeit

Wie Paula es erwartet hatte, übernahm Mariella den Arbeitsplatz von Frau Hansmann und schon bald erschien ihr die neue Dreierrunde mit Gunnar und Mariella als ein Stück Büroalltag.

Zunächst schien für Paula alles so weiterzulaufen wie bisher. Sie unterhielt sich mit Gunnar, soweit es ihre Arbeit zuließ, und Mariella arbeitete still vor sich hin, wie dies damals auch Frau Hansmann mehr oder weniger getan hatte.

Aber Mariella war in dieser ersten Zeit nur deshalb so still, weil sie alle ihre Energie benötigte, um sich in die neue Materie einzuarbeiten, wobei Gunnar ihr half so gut es ging.
Paula begriff nicht, dass dies nur die sprichwörtliche Ruhe vor dem Sturm war.

Kaum hatte Mariella Boden unter den Füßen gewonnen, ging sie zum Angriff über.
Jetzt zeigte sich, dass Paula die neue Lage völlig falsch eingeschätzt hatte.
Mariella war nun Chefsekretärin und Paula ihr untergeordnet. Paula musste ihr zuarbeiten und sie hatte es in der Macht, ihr das Leben zur Hölle zu machen.

So hatte Mariella zum Beispiel die Verantwortung für die Beschaffung von Büromaterial übernommen. Jeder, der etwas benötigte, musste ihr Bescheid geben und sie händigte dann entweder die benötigten Sachen aus oder bestellte entsprechend.

Paula erhielt das, was sie benötigte, nur nach mehrfachem Nachfragen, manchmal sogar überhaupt nicht. Früher, zu den Zeiten von Frau Hansmann, hätte Paula sich das, was sie brauchte, einfach aus dem Schrank genommen, wenn die Chefsekretärin nicht im Haus war.
Aber Gunnar verbot Paula das.
„Wir wollen uns doch nicht so verhalten wie bei Frau Hansmann", meinte er tadelnd zu ihr. „Schließlich wollen wir alle drei doch auf Dauer zusammenarbeiten."
Paula sah ihn zweifelnd an.

Zumindest Mariella wollte das sicher nicht.

Als Mariella merkte, dass Gunnar Paula verboten hatte, sich ihre Sachen heimlich zu besorgen, nutzte sie ihre Chance, um deren Bewegungsfreiheit noch mehr einzugrenzen. Sie verbot ihr auch für die Zeit ihres Urlaubs, benötigte Dinge aus ihrem Schrank zu holen. Das dürfe nur Gunnar. Und Paula hatte Gunnar zu bitten, etwas aus Mariellas Schrank zu holen.

Es war offensichtlich, dass sie daran arbeitete, Paulas Selbständigkeit einzugrenzen, soweit es irgend möglich war. Gleichzeitig kämpfte sie um die Erweiterung ihres Machtbereichs. So beanspruchte sie auf einmal, die einzige sein zu dürfen, die das Büro vom Senior betrat, Gunnar einmal ausgenommen.

Paula hatte aber oftmals Unterschriftsangelegenheiten oder andere Dinge dort hineinzubringen.
„Ich glaube nicht, dass Sie das Recht haben, dort hineinzugehen", fauchte sie Paula eines Tages an, obwohl Paula schon vorher ins Chefbüro gegangen war, ohne dass sie auch nur einen Ton gesagt hatte.
Paula wusste, dass es überhaupt keinen

Zweck hatte, sich mit ihr auf eine Diskussion einzulassen. Also wendete sie sich genervt an Gunnar.

„Darf ich die Unterlagen selbst in das Chefbüro bringen?"

Gunnar tat erst einmal so, als hätte er von der ganzen Sache nichts mitbekommen. Also musste Paula ihm die Lager genau schildern. Sie war erleichtert, als er zu ihren Gunsten entschied.

„Natürlich darf Frau Römer das Büro des Seniors betreten, Frau Orlowski. Warum auch nicht?"

Zornesrot und wutschnaubend wandte sich Mariella wieder ihrer Arbeit zu, ohne ein weiteres Wort zu sagen. Paula brachte ihre Unterlagen ins Chefbüro und damit war die Sache für sie erledigt.

Nicht aber für Mariella.

Als kurze Zeit später der Junior zu ihr kam, um eine zu erledigende Arbeit zu besprechen, nutzte sie die Gelegenheit.

„Darf hier eigentlich jede Person ins Büro vom Senior, um dort Sachen hinzulegen?", fragte sie ihn listig.

Sie wusste genau, dass natürlich nicht jeder einfach ins Chefbüro hineingehen durfte. Doch dem Junior war das angespannte Verhältnis zwischen den beiden Frauen nicht verborgen geblieben und er ahnte den Grund für ihre Frage.
„Natürlich darf nicht jeder in sein Büro. Aber wenn Sie, Herr Fuhrmann oder Frau Römer dort Sachen hineinbringen müssen, dürfen sie auch hineingehen."
Sie sah ihn wütend an, traute sich aber nicht, noch ein Wort gegen seine Entscheidung zu sagen.

**

Egal in welchem Bereich Paula auf die Zusammenarbeit mit Mariella angewiesen war, mittlerweile konnte sie sicher sein, dass es zu einem Kampf kommen würde.
So weigerte sich Mariella auch, die von Paula ausgefüllten Zollanmeldungen zum Zoll zu bringen, obwohl das damals zu den Aufgaben von Frau Hansmann gehört hatte.

Jetzt zeigte sich deutlich der Unterschied zwischen Paulas Stellung im Verhältnis zu Frau Hansmann und im Verhältnis zu Mariella.

Zu den Zeiten von Frau Hansmann hatte der Junior diese gezwungen, die Erklärungen auch dann zum Zoll zu bringen, wenn Paula sie ausgefüllt hatte.
Als Mariella sich weigerte, beauftragte er einen der Fahrer, die Unterlagen dort hinzubringen.

Am schlimmsten aber war, dass sowohl der Junior als auch Gunnar Mariella größtenteils freie Hand in allem ließen, was ihre Zusammenarbeit mit Paula betraf.

Nur im Extremfall griffen sie ein.

So kam es gegen Ende jeden Monats zu skurrilen Szenen um die Abrechnung der Bargeldkassen. Schon zu Frau Hansmanns Zeiten verwaltete die Chefsekretärin die eigentliche Bargeldkasse für Barzahlungen von Lagerverkäufen.
Für den Fall, dass sie nicht im Haus war, hatte Paula eine sogenannte „kleine" Kasse erhalten, die am Ende des Monats mit der Chefsekretärin abzurechnen war. Mariella hatte nun auch die große Bargeldkasse übernommen und Ende jeden Monats bat Paula sie darum, mit ihr abzurechnen, was sie aber nicht tat.

Also musste sie jedes Mal Gunnar darum bitten, Mariella darum zu bitten, mit ihr abzurechnen. Und das nicht nur einmal. Paula kam sich vor wie im Kindergarten.

Aber dies hier war kein Kindergarten und auch kein Spiel. Es war bitterer Ernst.

Vielleicht hätte Paula sich besser wehren können, wäre alles nicht so schlimm gewesen, wenn sie weiterhin auf die Unterstützung von Gunnar hätte zählen können.
Schließlich hatte sie sich ja schon einmal erfolgreich gegen einen Drachen gewehrt. Aber Gunnar ergriff immer mehr Partei von Mariella. Das machte ihren Kampf nicht nur umso schwerer, sondern verletzte sie auch noch zusätzlich.

Paula konnte es nicht begreifen. Zählten seine halben Liebeserklärungen von damals denn gar nicht mehr? War sie ihm völlig egal? Wie konnte er es zulassen, dass Mariella sie so demütigte?

Erst viel später begriff sie, wie es dazu kommen konnte.

Mariella ging äußerst geschickt vor, um Gunnar und auch die anderen Mitarbeiter auf ihre Seite zu ziehen.
Sie war überaus freundlich zu Gunnar. Sie kochte extra für ihn Kaffee, wenn er noch eine Tasse trinken wollte, die Kanne aber bereits leer war, und nutzte diese Gelegenheit, um sich mit ihm zu unterhalten.
Schnell hatte sie erkannt, dass Paula nichts so sehr weh tat, als wenn Gunnar ihr mehr Beachtung schenkte als Paula.

Sie stellte ein Glas mit Bonbons auf ihren Schreibtisch, aus dem alle naschen konnten und verschaffte sich so eine weitere Gelegenheit zu Gesprächen, wenn ein Mitarbeiter zu ihr an den Tisch kam.

Der Ausbau ihrer Macht lief hauptsächlich über das Gewinnen der Sympathie aller Mitarbeiter, Paula natürlich ausgenommen.
Ihr System war einfach und doch sehr effektiv. Sie war zu allen hilfsbereit und ließ jedem hier und da eine kleine Aufmerksamkeit zukommen. Mal spendierte sie eine Runde Kuchen, mal kochte sie für alle Eier. Wenn ihr jemand jedoch nicht zu Willen war, begann sie, ihm ihre kleinen Wohltaten vorzuenthalten. Half das nicht, wurden nach

und nach alle Hilfeleistungen eingestellt.
Wenn sie dann immer noch nicht ihr Ziel
erreicht hatte, wurde die Person bekämpft –
wobei sie sich dabei auf die Unterstützung der
anderen Mitarbeiter verlassen konnte, da sie
selbst sich immer als unschuldiges Opfer
darstellte.

Und sie war auch klug genug, um immer nur
gegen einen Mitarbeiter zu kämpfen. So
konnte sie sich sicher sein, dass ihr die
Isolierung des Betreffenden gelang.

Jetzt nutzte sie ihre hart erarbeitete gute
Beziehung zu Gunnar, um ihm möglichst
häufig irgendwelche erlogenen Sachen über
Paula zu erzählen, die sie schlecht machen
sollten. Und Gunnar gab Paula noch nicht
einmal die Gelegenheit, zu Mariellas
ständigen Anschuldigungen Stellung zu
nehmen.

Paula erinnerte sich plötzlich an Szenen aus
der Zeit, in der sie und Mariella sich noch
ausgezeichnet verstanden hatten.
Schon damals kochte Mariella regelmäßig Eier
für alle Mitarbeiter. Eines Tages nun hatte
einer der damaligen Verkaufssachbearbeiter
etwas zu ihr gesagt, worüber sie sich geärgert

hatte. Als sie wenig später Eier gekocht hatte, malte sie nicht wie sonst immer auf sein Ei ein lachendes Gesicht, sondern eine grimmige Fratze.
Paula fand das albern, sagte aber nichts.

Ein anderes Mal drückte Mariella ihr ein paar gekochte Eier mit der Aufforderung in die Hand, sie doch auch einmal zu verteilen.
„Wieso?", fragte Paula irritiert.
„Du musst zu den Leuten nett sein", antwortete sie, „das ist besser für Dich."
Erst jetzt wurde Paula klar, dass sie schon damals Gewähr und Entzug ihrer Freundlichkeiten als Druckmittel eingesetzt hatte.

Damals hatte sie das nicht erkannt.

**

Es war erschreckend, wie leicht ihre Beziehung zu Gunnar zu zerstören war.
Mit Befremden registrierte Paula, dass er Mariella Sachen erzählte, sie sie nicht oder erst später zu hören bekam. Es waren keine dramatischen Geschichten, einfach die kleinen Dinge des Alltags, die er früher mit Paula besprochen hatte.

So erzählte er Paula einmal, dass er jetzt sein Knöllchen wegen Falschparkens bezahlt hätte.
Sie fragte erstaunt nach, wann er das denn erhalten hätte.
Er tat verwundert: „Wie, habe ich Ihnen das noch nicht erzählt? – Ach ja, richtig, das habe ich ja nur Frau Orlowski gesagt."

Es kam nur noch selten vor, dass sie sich wie früher unterhielten. Eines der letzten Male sollte Paula noch lange in Erinnerung bleiben. Wie früher neckten sie sich und hatten jede Menge zu lachen, als Mariella plötzlich von ihrem Arbeitsplatz aufstand und schrie, Paula solle endlich damit aufhören, über sie zu lachen.
Dabei hatten sie kein Wort über Mariella verloren.
Paula war perplex und genervt.
„Ich lache gar nicht über sie. Sie müssen nicht immer alles, was ich sage, auf sich beziehen."

Wutentbrannt stürzte Mariella aus dem Büro.

Da sah Paula zum wiederholten Mal jenen unbändigen Hass in ihren Augen, der ihr Gesicht geradezu entstellte. Sie wusste, in Wirklichkeit ärgerte sie sich darüber, dass Paula sich gut mit Gunnar unterhalten hatte.

In der Folgezeit redeten Paula und Gunnar kaum noch miteinander. Es war klar, er tat alles, um Mariellas Gefühle nicht zu verletzen. Paulas Gefühle waren da nur zweitrangig. Paula musste sich gehörig anstrengen, um überhaupt noch so etwas wie ein Gespräch mit ihm zustande zu bringen.
Sie begann, sich schon am Vorabend zu überlegen, über was sie sich wohl mit ihm unterhalten könnte. Und sie fing an, vor diesen endlosen Pausen Angst zu bekommen, die sie früher einmal so sehr geliebt hatte und die wie im Flug für sie vergangen waren.

Trotzdem führten ihre Gespräche immer noch zu Streitereien. Aber jetzt kamen sie ihr wie sinnlose Energieverschwendung vor. Sie sehnte sich nach Ruhe und versuchte ein letztes Mal, vor ihm auszureißen.

„Ich glaube, ich werde meine Pausen demnächst draußen verbringen", sagte sie ihm.
„Aber warum?", tat er überrascht.
„Wir streiten uns doch sowieso nur noch", antwortete sie müde.
„Das ist nicht wahr."
Sie sah ihn ungläubig an.
Er wurde zornig.

„Ich kann aber auch sagen, was ich will, Sie müssen immer Kontra geben."
„Ja, ich weiß", sagte sie völlig ruhig und nahm ihm damit den Wind aus den Segeln.
„Und warum?", fragte er nach.
„Sie machen mich aggressiv", sagte sie nur.
Seine Augen forschten in ihrem Gesicht.
„Wieso?"
„Ich werde mit dieser Dreieckssituation einfach nicht fertig", seufzte sie nur. Dass er sie auch davon abgesehen aggressiv machte, verschwieg sie. Sie hätte ihr ambivalentes Verhältnis zu ihm nicht erklären können und selbst wenn sie es damals gekonnt hätte, hätte er sie nicht verstanden.

Er lachte kurz auf. Dann wurde er wieder ernst.
„Sie können das nicht auf Dauer tun."
Paula sah das nicht ein.
„Warum nicht? Sie unterhalten sich mit Mariella doch ausgezeichnet. Sie leiden nicht darunter, dass ich nicht da bin."

Er wusste wohl nicht, ob er ihren Worten Glauben schenken sollte. Auf jeden Fall zeigte er sich überrascht, dass sie am nächsten Tag tatsächlich in der Frühstückspause nach draußen ging.

Wie sie erwartet hatte, unterhielt er sich angeregt mit Mariella, als sie wiederkam.
Aber hatte es ihr früher einen Stich versetzt, wenn sie die beiden so traut zusammen sah, spürte sie jetzt kaum noch etwas.
Es bestätigte sie nur in ihrer Meinung.

Sicherlich hätte sie die Pausen weiterhin draußen verbracht, wenn Gunnar nicht wieder sein eisiges Schweigen als Waffe eingesetzt hätte.
Er hatte wohl begriffen, dass sie es ernst meinte und zeigte ihr auf diese Weise, dass er ihr Verhalten nicht akzeptierte.
Und immer noch war dieses Schweigen schlimmer für sie als das Suchen nach Gesprächsthemen.
Also blieb sie wieder in den Pausen im Büro.
Ihre Situation schien ausweglos zu sein. Sie fühlte sich wie in einem Käfig gefangen.

Und Mariellas Lügengeschichten über sie zeigten langsam Wirkung.
Als mal wieder einer jener Tage anbrach, an dem Paula nichts anderes übrig blieb, als sich der Ablage zu widmen, stöhnte sie Gunnar vor, wie sehr ihr das auf den Geist ging.
„Wollen Sie etwa meine Stelle haben?", fragte er sie unvermittelt.

Sein Ton dabei war so ernst, dass sie stutzte.
Auf so einen abstrusen Gedanken wäre er früher nie gekommen.
Sie schüttelte den Kopf.
„Nein, natürlich nicht. Ich hab´ doch gar kein Gefühl für Zahlen und Buchhaltung ist sowieso nicht mein Ding. Außerdem habe ich nicht die nötigen Nerven, um mit dem ganzen Stress klar zu kommen, dem sie ausgesetzt sind."

Ihr war sofort klar, dass Mariella ihm hatte glauben machen wollte, sie wollte für sich die mächtigste Position in der Firma erkämpfen. Ausgerechnet Paula, die froh war, wenn sie in Ruhe gelassen wurde. Und die einzig und allein immer nur dann gekämpft hatte, wenn diese Ruhe gefährdet war.

Mariella war es doch in Wirklichkeit, die darum kämpfte, ihre Macht auszubauen.

Natürlich hatte Paula nicht vergessen, wie Mariella sich damals für sie eingesetzt hatte, als sie neu in der Firma war. Und auch ihre vielen Gespräche und den Spaß, den sie zusammen hatten, waren ihr noch gut in Erinnerung.
Aber jetzt war der Punkt erreicht, an dem sie ihrem Verhalten nicht länger gleichgültig

gegenüberstehen konnte.
Und aus ihrer Abneigung wurde schnell Hass.
Aber es war ein Hass, dem sie keine Taten folgen ließ. Im Gegensatz zu Mariella war sie kein Angreifertyp.
Sie hatte nur gelernt, sich zu verteidigen.

Gunnar spürte, dass das Verhältnis zwischen den beiden Frauen zu eskalieren begann.
„Am besten veranstalten wir hier mal einen Damenboxkampf, dann können Sie beide sich so richtig austoben", feixte er Paula an.
„Nein, danke, wenn ich daran denke, dass ich sie anfassen müsste, wird mir schon jetzt ganz übel", wehrte Paula ab.
„Aber dann käme es endlich einmal zu einem direkten Schlagabtausch zwischen ihnen."
Gunnar ließ nicht locker und irgendwann konnte sie ihren Hass auf Mariella nicht mehr zurückhalten.

„Ich schlage lieber so zu, dass keiner etwas merkt."
Paula war über sich selbst erschrocken. Die Worte waren nur so aus ihr herausgesprudelt, ohne dass sie selbst jemals so etwas geplant hatte.

Sicher, sie hatte Mariella schon ein paar Mal vor Gunnar lächerlich gemacht und ihm durch Gestik und Mimik zu verstehen gegeben, dass sie sie genauso abscheulich fand wie Mariella sie, aber zu mehr war es nie gekommen – und das hatte sie auch nicht vor.
Aber die Vorstellung, sich für Mariellas ständige Triezereien zu rächen, hatte etwas Befreiendes.

Gunnar war plötzlich ernst geworden und sah sie nachdenklich an. Trotz allem kannte er sie nicht gut genug, um zu wissen, dass das, was Paula aus dem Gefühl heraus spontan sagte, nicht unbedingt das war, was sie umsetzen würde.

Für ihn waren Paulas Worte nur eine Bestätigung dessen, was Mariella ihn ohnehin die ganze Zeit über glauben machen wollte: Paula war die Böse und Mariella das Unschuldslamm.
Durch ihr loses Mundwerk hatte Paula sich noch mehr in eine auswegslose Situation hineingeritten.

In der Folgezeit musste sie also noch mehr aufpassen, Mariella keinen Anlass zu geben, sie vor Gunnar schlecht zu machen.

**

Die Gefahr dafür war groß, als sich Mariellas Geburtstag näherte, für den bisher immer Paula gesammelt hatte.

Paula konnte sich kaum vorstellen, dass sie das dieses Jahr auch wieder tat, da Mariella mehr als deutlich machte, dass ihr jeglicher Kontakt mit Paula zuwider war. Also bat Paula einen der Lagerarbeiter darum, von dem sie wusste, dass er sich gut mit der neuen Chefsekretärin verstand. Er willigte ein und alles klappte auch reibungslos. Mariella tat dies ihrerseits auch für Paulas Geburtstag.

Allerdings lief hier die Sache völlig anders. Der Arbeiter bat Paula darum, sich das Geschenk doch selbst zu besorgen – er hätte keine Zeit. Die „Überreichung" der Geburtstagskarte mit dem Geld war dann so schlimm, dass es Paula lieber gewesen wäre, sie hätte gar nichts bekommen. Die Karte war nicht wie sonst üblich eingepackt und einfach kommentarlos auf ihren Tisch gelegt worden. Auch der Blumenstrauß fehlte, den sonst alle Frauen in der Firma erhielten.

Das Ganze war ein einziger Ausdruck der Geringschätzung und Paula vermutete, dass der Arbeiter sich so verhielt, um Mariella nicht gegen sich aufzubringen – wenn sie das hier nicht sogar selbst eingestielt hatte.

Paula war zutiefst verletzt, aber sie tat alles, um dies zu verbergen, denn den Triumph, sie so zu sehen, gönnte sie Mariella nicht.
Selbst Gunnar war ausnahmsweise einmal nicht entgangen, wie unmöglich sich Mariella verhalten hatte.
„Das ist aber eine lieblose Kartenüberreichung", meinte er sichtlich betroffen.
„Ich werd´s schon überleben", schnitt Paula ihm grob jedes weitere Wort ab.
Das letzte, was sie jetzt brauchte, war Mitleid von jemandem, der ohnehin nicht mehr auf ihrer Seite stand.

Paula stellte sich darauf ein, dass die unseligen Geburtstagsrituale für sie und Mariella jetzt immer so verlaufen würden.
Doch da hatte sie sich getäuscht.

Als sie im nächsten Jahr den Lagerarbeiter darum bat, für Mariella zu sammeln, lehnte er ab.

„Frau Orlowski hat mir gesagt, dass wir nicht für sie sammeln sollen. Es soll überhaupt nicht mehr gesammelt werden."
Paula ahnte die Gefahr, die diese Änderung in sich barg. Jeder in der Firma erwartete, dass zu Geburtstagen gesammelt wurde. Und wenn Mariella nichts erhielt, würden alle denken, dass sie, Paula, ihr auf diese Art eins hatte auswischen wollten. Paula kannte Mariella inzwischen gut genug um zu wissen, dass sie im entscheidenden Moment bestreiten würde, dass sie selbst es war, die das Sammeln einstellen wollte.

Es war am sichersten, wenn einer ihrer Vorgesetzten die Entscheidung traf, was zu tun war. Also informierte sie Gunnar. Gunnar freute sich über die günstige Gelegenheit, die ganze Sammelei und Schenkerei abzuschaffen, die er von Anfang an blöd gefunden hatte.

„Wenn Frau Orlowski es ablehnt, dass für sie gesammelt wird und auch für niemand anderen mehr gesammelt werden soll, dann wird das so gemacht. Schließlich hat sie ja irgendwann einmal diesen Brauch hier eingeführt. Also wird er auch wieder abgeschafft, wenn sie das so möchte."

Einerseits fiel Paula ein Stein vom Herzen. Eine solche Regelung würde ihr das Leben ein Stück leichter machen.
Andererseits war ihr unheimlich zumute. Schon längst vertraute sie Gunnars Worten nicht mehr und sie war sich nicht sicher, ob Mariella es nicht auch diesmal schaffte, ihn gegen sie aufzubringen, so dass seine Entscheidung ihr gegenüber nichts mehr wert war.
Voller Angst fragte sie ihn daher kurz vor Mariellas Geburtstag noch einmal, ob er bei seinem Entschluss bliebe und ob die Sache auch mit dem Junior abgesprochen wäre und er bejahte beides.

Schon am Tag vor Mariellas Geburtstag kam es dann so, wie Paula es erwartet hatte. Mariella kam zu Paula und Gunnar ins Büro und meinte zu ihm mit unschuldigem Augenaufschlag: „Wenn jemand die Aufgabe hat, für jemand anderen zu sammeln, finde ich es nicht richtig, wenn er sich dieser Aufgabe einfach entzieht. Ich habe damals Frau Hansmann auch das Geschenk übergeben, obwohl wir uns nicht besonders leiden mochten."

Paula blieb der Atem weg. So viele Lügen auf einmal, und das noch in ihrer Gegenwart, das hatte sie dann doch nicht von Mariella erwartet.
Nicht nur, dass keine Rede mehr davon war, dass sie selbst das Sammeln einstellen wollte – sie gab auch vor, ihre damalige Erzfeindin Frau Hansmann das Geburtstagsgeschenk überreicht zu haben, was schlichtweg nicht stimmte.

Gespannt blickte Paula auf Gunnar.
Aber der grinste nur und schüttelte ablehnend den Kopf. Vielleicht hatte er selbst schon damit gerechnet, dass Mariella noch versuchen würde, Paula zum Sammeln zu zwingen. Unverrichteter Dinge musste sie wieder an ihren Platz zurückkehren.

Doch Mariella blieb die Demütigung erspart, die Paula an ihrem Geburtstag erlitten hatte. Sie erhielt einen riesigen Blumenstrauß vom Senior und auch der Lagerarbeiter, der diesmal nicht für sie gesammelt hatte, kam mit ein paar Blümchen für sie herein. All das war für Paula noch gut zu ertragen.

Was sie aber wirklich verletzte, war, dass Gunnar Mariella ein Geschenk überreichte. Ihr hatte er noch nie etwas geschenkt.
„Nein, das kann ich doch nicht annehmen", säuselte Mariella.
„Doch, das können Sie. Es ist nur eine Kleinigkeit", antwortete er mit einem Lächeln. „Sie müssen auch nicht als Gegenleistung besonders nett zu mir sein oder irgendetwas für mich tun."
Er hatte ihr einen Kugelschreiber geschenkt.

Wieso hatten alle Leute Mitleid mit Mariella, obwohl es doch ihr eigener Wunsch war, dass nicht mehr gesammelt wurde?
Es sah fast so aus, dass alle sie trösten wollten, dass diese schlimme Paula nichts für sie organisiert hatte.

„Bin ich jetzt endgültig die Böse?", schleuderte sie Gunnar ihre Wut entgegen, als er wieder zu seinem Platz zurückkehrte.
„Warum denn das?", tat er unwissend. „Ich habe ihr doch nur ein Geschenk gemacht."

Er grinste und sie platzte fast vor Zorn.

Sie konnte seinen Anblick nicht mehr ertragen und verließ das Büro in der Frühstückspause,

um sich wieder in den Griff zu bekommen. Das gelang ihr auch halbwegs, aber es war ihr unmöglich, sich mit ihm zu unterhalten. Sie verbarrikadierte sich in der Mittagspause hinter ihrer Zeitung.
Gunnar war betroffen und wusste nicht, wie er reagieren sollte. Da eilte ihm schnell Mariella zur Hilfe und lieh ihm ein Stück Zeitung, so dass er sich ebenfalls zurückziehen konnte.
Sie ließ sich nicht die Gelegenheit entgehen, den Graben zwischen Gunnar und Paula noch tiefer zu ziehen. Paula wusste das, aber sie brauchte einfach den Rest des Tages, um ihre Gefühle wieder völlig unter Kontrolle zu bringen.

Am nächsten Tag griff sie nicht sofort zur Zeitung, sondern wartete darauf, dass Gunnar ihr Gesprächsbereitschaft signalisierte. Doch er unternahm überhaupt keinen Versuch, den Kontakt wieder aufzunehmen und verschanzte sich hinter irgendwelchen Computersachen, die er sich von zu Hause mitgenommen hatte und an denen er jetzt herumwerkelte.
Dabei zog er ein grimmiges Gesicht.

Paula spürte eine ähnliche Wut wie am Tag zuvor in sich aufsteigen.
Sie sollte also für ihr gestriges Verhalten bestraft und so klein gemacht werden, dass sie schließlich wieder vor ihm zu Kreuze kroch? Obwohl *er* sie gestern gedemütigt hatte?
„Du Arschloch", dachte sie nur, „wenn Du denkst, ich lege mich jetzt wie früher vor Dir auf den Rücken wie ein junger Hund, dann hast Du Dich getäuscht. Die Zeiten sind vorbei."
Diesmal würde sie nicht nachgeben. Wütend griff sie zur Zeitung und machte überhaupt keinen Versuch mehr, mit ihm Kontakt aufzunehmen.
Er sollte spüren, dass er einen Fehler gemacht hatte.
Und er schien sie zu verstehen.

Jedenfalls zog er sich in der nächsten Mittagspause nicht zurück.
Und sie auch nicht.
Er schaute sie kurz fragend an und bevor er den Blick schnell wieder senkte, sah sie für den Bruchteil einer Sekunde, wie sich seine Augen vor Schmerz verdüsterten.

Sie wusste, es war ihm fast unmöglich, in einem Kampf nachzugeben. Einmal auch nur den Anschein zu erwecken, der Unterlegene zu sein, war für ihn unerträglich.
Aber hier gab es keinen Sieger und Besiegten, hier gab es nur zwei verletzte Seelen.

Sie verwickelte ihn in ein Gespräch über irgendwelche Belanglosigkeiten und ließ zu, dass er für ein paar Sekunden ihr wahres Gesicht sah. Und das war vor allem eines: unendlich müde und traurig.

Im Laufe des Gesprächs beruhigte er sich immer mehr, bis beide endlich wieder ganz normal miteinander reden konnten.
Soweit man von normalen Gesprächen in der damaligen Situation überhaupt noch reden konnte.

**

Ein paar Wochen später war es mal wieder soweit, dass Mariella allen eine Runde Kuchen spendierte. Jedem der Mitarbeiter brachte sie ein Stück persönlich vorbei. Nur Paula sollte sich ihr Stück selbst holen. Mariella traute sich wohl nicht, für Paula kein Stück einzukaufen, denn das wäre eine für alle offensichtliche

Attacke auf sie gewesen. Es lag ihr aber viel daran, ihr Image der unschuldigen, lieben Frau zu wahren.
So konnte sie Paula einen kleinen Seitenhieb verpassen, ohne dass es jemandem groß auffiel.

Nach all den Kämpfen und Gemeinheiten der Chefsekretärin fragte sich Paula, warum sie sich eigentlich etwas von ihr auf diese Weise spendieren lassen sollte. Sie ließ den Kuchen stehen.
Gunnar war das sofort aufgefallen.
„Wollen Sie denn gar keinen Kuchen mehr essen?", hakte er nach.
„Ich habe nichts gegen Kuchen, es sei denn, Frau Orlowski spendiert ihn."
„Sie müssen wissen, was Sie tun", meinte er ernst.

Im Gegensatz zu ihm wusste Paula nicht, dass Mariella ihr Verhalten als totale Kriegserklärung verstehen würde. Ihre Attacken folgten jetzt in immer kürzeren Abständen und wurden immer heftiger.
Auch Gunnar war das nicht entgangen.
„Frau Römer, mit Ihrem Verhalten erreichen Sie gar nichts", meinte er. „Sie machen die ganze Sache nur noch schlimmer. Irgendwie

müssen Sie versuchen, diese Spirale zu durchbrechen."

Das sagte sich so einfach.

Und im Prinzip wusste Paula ja auch, wie Mariella zu beruhigen war. Sie musste ihr nur zeigen, dass sie sie als Chefin akzeptieren würde. Vielleicht sollte sie einfach versuchen, das Mariella glauben zu machen, ohne es in Wirklichkeit zu tun?

Sie musste einfach ihr schauspielerisches Talent einsetzen und Mariella ein Zeichen ihres scheinbaren Versöhnungswillens geben. Bei Mariellas nächster Kuchenrunde holte sie sich wieder ein Teil ab.
Gunnar sah sie erstaunt an. Er hatte wohl nicht erwartet, dass sie sich seine Worte zu Herzen nehmen würde. Doch er hatte sich zu früh gefreut.
Als Paula sich mit ihrem Kuchenstück wieder an ihren Platz gesetzt hatte und aus den Augenwinkeln Mariellas selbstzufriedenen Blick sah, wurde ihr speiübel.

Mariella demütigte sie, zerstörte ihr Verhältnis zu Gunnar und dafür sollte sie sich unterwerfen und ihr alles verzeihen, was sie

ihr angetan hatte? Wie Lava in einem Vulkan schossen Wut und Hass in ihr hoch. Mit Mühe schaffte sie es gerade noch, das Kuchenstück in sich hineinzuwürgen.
Aber sie wusste, dass sie dies nicht noch einmal tun könnte. Zu tief war ihre Verachtung Mariella gegenüber, zu sehr war sie schon von Hass zerfressen.
In diesem Moment kam ihr zum ersten Mal der Gedanke, dass es niemals wieder Frieden zwischen ihr und der Chefsekretärin geben würde.

Gunnar war ihr Stimmungswandel nicht entgangen. Er sah sie enttäuscht und zugleich ärgerlich an.
Für einen Moment lang hatte er wohl gehofft, dass die beiden Frauen sich wieder vertragen könnten.

Natürlich war auch Mariella sehr schnell klar, dass Paulas Verhalten kein wirklicher Versöhnungsversuch gewesen war, dass sich an ihrem Verhältnis nichts geändert hatte. Und so startete sie schon bald ihren nächsten Angriff.

Es sollte ihre erste große Niederlage werden.

**

Eine von Frau Hansmanns Aufgaben war es gewesen, bei Anlieferungen aus dem Ausland die Auslandslieferscheine abzustempeln. Und natürlich war dafür jetzt Mariella zuständig. Paula hingegen erledigte den Inlandswarenverkehr.

Eines Tages aber kamen die ausländischen Fahrer mit den Papieren zu Paula. Paula schaltete nicht sofort und stempelte erst einmal die Papiere ab.
Als die Fahrer jedoch nur noch zu ihr kamen, weigerte sie sich, die Unterlagen fertig zu machen und wies Gunnar darauf hin, dass das Mariellas Aufgabe sei.
„Sie hat bestimmt nicht gesehen, dass es sich um ein Auslandspapier handelt", meinte er.
„Das glaube ich kaum, denn in letzter Zeit hat sie kein einziges Mal mehr die Sachen fertig gemacht", sagte sie.

Er sah sie ungläubig an.
„Das kann ich mir nicht vorstellen."
„Ich mache die Papiere jetzt noch *einmal* fertig", sagte sie in scharfem Ton, „aber ich möchte von Ihnen wissen, wer in Zukunft dafür zuständig ist. Soll ich das ab jetzt

machen oder weiterhin Mariella?"
Er zögerte.
„Es bleibt bei der bisherigen Regelung",
entschied er schließlich.

Aber bei der nächsten Auslandslieferung ging das gleiche Spiel von vorne los. Wieder war er der Meinung, dass Mariella nur nicht erkannt hätte, dass sie zuständig war.
Paula war wütend. Sie ahnte, dass Mariella die Lagerarbeiter angewiesen hatte, die ausländischen Fahrer mit ihren Papieren zu ihr zu schicken.
Auf Gunnars Hilfe konnte sie in dieser Geschichte nicht rechnen. Zu sehr war er von dem lieben und unschuldigen Wesen von Mariella überzeugt. Niemals hätte er ihr geglaubt, wie intrigant Mariella sein konnte.

Sie hatte keinen konkreten Plan, wie sie Mariellas Angriff abwehren konnte, spürte nur, dass sie sich Gewissheit verschaffen musste, ob ihre Vermutung tatsächlich stimmte oder sie sich das alles nur einbildete. Der Zufall kam ihr zu Hilfe. In der Nähe des Büros traf sie einen der Lagerarbeiter und nahm ihn ins Verhör.

„Frau Orlowski hat Ihnen doch sicherlich gesagt, dass sie keine Auslandspapiere mehr abstempelt und die Fahrer nur noch zu mir kommen sollen, nicht wahr?", fragte sie ihn.
Der Mann fühlte sich sichtlich unwohl in seiner Haut. Er wusste von dem Verhältnis zwischen Paula und Mariella und es war ihm klar, dass seine Aussage gegen die neue Chefsekretärin sprechen würde.
„Bitte, ich muss die Wahrheit wissen", flehte sie ihn an.
Er zögerte noch einen Moment, ehe er sich entschloss, ihr zu antworten.
„Ja, so war es."

Paula fiel ein Stein vom Herzen. Sie hatte schon begonnen zu glauben, dass alles die Einbildung ihrer hasserfüllten Seele war.
„Vielen Dank für Ihre Ehrlichkeit", sagte sie noch zu dem Arbeiter.
Und Paula hatte Glück in doppelter Hinsicht. Nicht nur, dass der Arbeiter ihr die Wahrheit gesagt hatte – Gunnar und Junior saßen in diesem Moment im Chefbüro und hörten das Gespräch mit an.

Mariella weigerte sich trotzdem weiterhin, die Auslandspapiere zu bearbeiten. Und Paula weigerte sich jetzt ebenfalls. Also rief der

Junior Paula ins Büro und sie erklärte ihm die ganze Situation. Sie machte ihm klar, dass sie nicht bereit sei, Mariellas Aufgaben zu übernehmen, es sei denn, sie war aus irgendwelchen Gründen nicht im Büro.

Nun rief der Junior Mariella hinzu.
„Bitte kommen Sie einmal her, Frau Orlowski", bat er sie.
Es war offensichtlich, dass dem Junior die ganze Sache unangenehm war.
„Nein", antwortete sie patzig.
„Nun lassen Sie uns doch einmal in Ruhe über die Lage reden", versuchte er es mit ihr auf die versöhnliche Art.
„Ich wüsste nicht, was es da zu bereden gibt."
Sie blickte ihn zornig an.
„Es muss doch wohl möglich sein, dass Sie und Frau Römer zusammen arbeiten, oder Frau Römer?", wandte er sich jetzt an Paula.
„*Ich* habe keine Probleme damit", erwiderte sie, was ja auch wirklich stimmt. Eigentlich wollte sie nur in Ruhe ihre Arbeit erledigen und sie wusste, dass sie sehr schnell wieder ein neutrales Verhältnis zu Mariella aufbauen könnte, wenn diese endlich ihre Attacken einstellte.

Aber Mariella sah das anscheinend anders.

„Das stimmt doch gar nicht!", rief sie empört.
Das Gespräch hätte noch ewig so weitergehen können, dabei herausgekommen wäre nichts.
Das erkannte auch der Junior und beendete schnell seinen hilflosen Schlichtungsversuch.

Gunnar reagierte dagegen ganz anders. Sein Vertrauen in Mariellas Worte war zum ersten Mal erschüttert worden. Und er bestrafte sie in derselben Weise, wie er es auch immer mit Paula getan hatte: Er stellte jeglichen Kontakt ein, der über die rein beruflichen Absprachen hinausging.
Außerdem hatte er wohl noch irgendetwas anderes getan, was ihr sehr weh getan haben musste, denn er meinte zu Paula: „Jetzt ist Frau Orlowski bestimmt erst einmal für eine längere Zeit sauer auf mich. Aber damit habe ich schon gerechnet. Was ich getan habe, war ja auch wirklich nicht nett."
Näheres dazu sagte er nicht und sie wollte auch nicht nachfragen.

Mariella jedenfalls fing nun an, sich gegenüber Gunnar ähnlich zu verhalten wie gegenüber Paula.
Der Kontakt wurde auf das Minimum reduziert und er wurde mit bösen Blicken belegt.

Es ging um die Macht.

Derjenige, der diesen Kampf gewann, würde gegenüber dem anderen auch in Zukunft seinen Willen durchsetzen.

Die Bonbondose, aus der Gunnar immer so gerne genascht hatte, verschwand von Mariellas Tisch. Woche um Woche hielt der Streit an.
Mariella war viel härter im Kampf gegen ihn als Paula.
Aber sie liebte ihn ja auch nicht.
„Ich glaube, unser Verhältnis wird sich überhaupt nicht mehr bessern", sagte Gunnar irgendwann zu Paula. „Sie wird mir nie verzeihen."

Paula konnte sich das schwer vorstellen. Auch Mariella war schließlich auf die Hilfe von Gunnar angewiesen. Glaubte sie tatsächlich, sie könnte den mächtigsten Mann in dieser Firma hinter dem Senior und Junior auf Dauer demütigen?
Doch dann fiel Paula Mariellas alte Feindschaft zu Frau Hansmann ein. Diese war schließlich vor Gunnar auch die drittmächtigste Person hier gewesen. Und sie hatte sie jahrelang gedemütigt, wo es nur

eben ging. Sie war also in Übung und hatte die nötige Kraft dazu.

Aber Gunnar war nicht der Typ, der sich das gefallen ließ. Als er merkte, dass allein gegen diese Frau nicht anzukommen war, beschwerte er sich beim Junior über ihr Verhalten. Niemand wusste, was genau daraufhin der Junior Mariella gesagt hatte. Paula nahm an, dass er ihr deutlich gemacht hatte, dass sie mit Gunnar zusammenarbeiten musste, wollte sie ihre Stelle behalten.

Jedenfalls tauchte auf einmal wieder die Bonbondose auf ihrem Schreibtisch auf.
„Ah, sieh mal einer an – die Bonbondose ist wieder da", kommentierte Paula die Lage gehässig.
„Na, dann ist ja wieder alles im Lot", grinste Gunnar.

Mariella musste ihre Bemerkung wohl gehört haben, denn wutentbrannt stürzte sie von ihrem Platz in Richtung Lager.
Paula hörte nur, wie die Tür zum Lager hin aufgerissen wurde und gleichzeitig ein gellender Schrei die Luft erfüllte. Paula drehte sich um und sah, wie Mariella sich die Hand an die Stirn hielt. Blut troff aus einer großen

Platzwunde auf ihrer Stirn. Anscheinend hatte sie in ihrer Rage die Tür mit zu viel Schwung aufgerissen und war im Laufen mit ihrem Kopf dagegen gestoßen.
Durch den Schrei alarmiert waren Gunnar und der Junior in ihr Büro gestürzt.

Paula blieb auf ihrem Platz sitzen. Ihr Anblick war jetzt ohnehin das letzte, was Mariella sich wünschte.
Aber auch sonst wäre sie wohl kaum zu ihr gegangen. Sie erschrak über sich selbst, denn sie fühlte nicht die geringste Spur von Mitgefühl. In ihr war alles eiskalt. Es war nicht so, dass sie Mariella ihr Missgeschick gegönnt hätte. Sie spürte nur einfach gar nichts.
Mariella hatte aufgehört, für Paula als Mensch zu existieren.

Doch sie wusste, dass sowohl Gunnar als auch der Junior von ihr Betroffenheit erwarteten. Schließlich hatte sie den gehässigen Kommentar abgegeben, durch den Mariellas Unfall ausgelöst worden war.
Also schauspielerte sie so gut es ging, um nicht wieder als die Böse da zu stehen.

Wenn Paula gedacht hatte, dass die Niederlage im Kampf mit Gunnar Mariella

davon abhalten würde, weiter gegen Paula zu kämpfen, so hatte sie sich geirrt.
Im Gegenteil, Mariellas Kampf gegen sie nahm immer skurrilere Formen an.
Als neuer Kriegsschauplatz diente Mariella die Damentoilette, die nur von den beiden Frauen benutzt wurde.
Vielleicht wählte sie diesen Ort, da niemand anderes hier kontrollieren konnte, was vor sich ging.

Das Ganze fing zunächst harmlos an.
Paula stellte fest, dass sie die einzige war, die immer die Toilettenpapierrollen wechselte. Anfangs dachte sie noch, sie bildete sich das ein. Aber dann passte sie genauer auf und stellte fest, dass Mariella es immer so einrichtete, dass das Papier fast aufgebraucht war, wenn Paula zur Toilette ging.

Ein paar Tag war Paula sich unschlüssig, ob sie überhaupt auf Mariellas Verhalten reagieren sollte. Eigentlich fand sie es zu blöd, sich jetzt auch noch ums Klopapier streiten zu müssen. Andererseits erfüllte sie es mit Wut, wenn sie daran dachte, dass Mariella ihr dadurch einmal mehr zeigen wollte, dass sie die Macht über Paula hatte.

Also ließ Paula bei der nächsten Gelegenheit die leere Rolle einfach so hängen. Die Wirkung konnte sie gleich am nächsten Tag feststellen. Mit funkelnden Augen und verbissenem Gesicht kam Mariella vom Klo. Und kurz darauf belegte auch Gunnar sie mit finsteren Blicken. Sicherlich hatte sie ihm wieder eine ihrer Lügengeschichten aufgetischt.

„Ich nehme an, Sie hat Ihnen vom Toilettenrollenstreit erzählt", ging Paula ohne weiteres in die Offensive.
„Ja", gab Gunnar zu, „und Sie hat mir erzählt, dass sie immer für Sie die Rollen wechseln muss und dass sie jetzt keine Lust mehr hat, für Sie die Klofrau zu spielen."

Paula war sprachlos. Doch nur für einen kurzen Moment, bis die Wut wieder in ihr aufstieg.
„Die ganze Geschichte ist doch genau anders herum!", rief sie empört. „*Ich* bin dauernd diejenige, die die Rollen wechselt."
Sie wartete gar nicht Gunnars Reaktion ab, denn ihr war klar, dass er ihr ohnehin nicht glauben würde.
„Aber das ist jetzt vorbei", teilte sie ihm stattdessen in scharfem Ton mit. „Ab Morgen nehme ich mir meine eigene Rolle von zu

Hause mit und dann kann sie sehen, wo sie bleibt!"

Gunnar sah ihr forschend ins Gesicht. Er schien einen Moment lang zu überlegen, ob er ihr ausnahmsweise einmal glauben sollte.
Ein offenes Wort war mehr als überfällig.

„Meinen Sie eigentlich, ich merke nicht, dass Sie schon längere Zeit auf mich sauer sind, weil Frau Orlowski Ihnen irgendwelche Geschichten über mich erzählt, die vorne und hinten nicht stimmen?", fuhr sie ihn an.
„Sie erzählt mir permanent von Ihren Angriffen auf sie", gestand Gunnar ihr.
„Dann geben Sie mir wenigstens die Chance, mich zu verteidigen und erzählen Sie mir, was sie Ihnen vorlügt", bat Paula ihn.
„Nein, das werde ich nicht tun", sagte er in entschiedenem Ton.

Paula sah ihn verständnislos an. Wieso nahm er ihr die Möglichkeit, wenigstens ihre Sicht der Dinge darzustellen?

Es gab nur eine Erklärung für sein Verhalten: Paula war für ihn generell unglaubwürdig geworden und Mariella inzwischen viel

wichtiger als Paula. Mit dieser bitteren
Wahrheit hatte sie sich wohl abzufinden.

**

Noch ein letztes Mal wurde die Damentoilette
zum Kriegsschauplatz. Paula befürchtete das
schon, als sie feststellte, dass der Eimer mit
den Damenbinden seit längerer Zeit nicht
mehr geleert worden war. Sie hoffte noch,
dass die Putzfrau das einfach vergessen hatte.
Doch als Gunnar einmal nicht im Büro war,
belehrte sie Mariella eines besseren.
„Ihr Dreckszeug können Sie ab sofort selbst
zum Müll bringen! Die Putzfrau wird den
Eimer nicht mehr leeren!", keifte Mariella sie
an.

Als Paula Gunnar später darauf ansprach,
meinte er nur abweisend: „Frau Orlowski hat
mir gesagt, dass die Putzfrauen diesen Eimer
noch nie geleert haben und dass Sie ihn
immer total einsauen."
„Ich habe nie etwas eingesaut!", empörte sich
Paula.
Gunnar wurde aggressiv.
„Soll ich jetzt etwa auch noch auf der
Damentoilette nachsehen, wer was wie in den
Eimer wirft?"

In der Hoffnung, er würde ihr doch noch glauben, ging sie auf seine Provokation nicht ein und versuchte, ihn in ruhigem Ton mit Tatsachen zu überzeugen.
„Herr Fuhrmann, die Putzfrauen haben hier immer den Eimer geleert. Und auch unsere jetzige Putzfrau hat vor diesem Streit den Eimer regelmäßig zum Müll gebracht."
Dann erzählte sie ihm noch, was Mariella ihr angedroht hatte.
Er schüttelte den Kopf.
„Das glaube ich nicht."

Es war aussichtslos. Er würde ihr nicht glauben und alle anderen auch nicht. Mariella würde sie fertig machen und ihm war das egal.
Um Paula herum schien sich plötzlich alles zu drehen. Sie hatte das Gefühl, der Boden würde unter ihren Füßen nachgeben und sie würde in einem Morast aus Lügen und Intrigen versinken.

Noch ein letztes Mal bäumte sie sich auf, um sich aus ihrer verzweifelten Situation zu befreien.
„Es ist mir egal, ob Sie mir glauben oder nicht, Herr Fuhrmann. Ich werde aber in Zukunft

nicht mit den Binden durch die ganze Firma zur Mülltonne auf dem Hof laufen", warf sie ihm trotzig an den Kopf.
Gunnar schwieg einen Moment.
„Die beste Lösung wird sein, dass wir Hygienebeutel anschaffen. Dann ist es der Putzfrau in jedem Fall zuzumuten, den Eimer zu leeren", entschied er.

Paula war erleichtert. Zumindest versuchte er, eine Lösung zu finden. Der Schwindel in ihrem Kopf ließ nach und sie konnte wieder einen klaren Gedanken fassen. Sie wusste ja bereits, dass die Putzfrau auch nun nicht den Eimer leeren würde.
Aber das würde Gunnar ihr nicht glauben.
„Wenn der Eimer weiterhin nicht geleert wird, gebe ich Ihnen Bescheid", sagte sie deshalb.
„Ja, okay."

Natürlich dauerte es nicht lange, bis sie ihm Bescheid geben musste, dass der Eimer trotz der neuen Hygienebeutel nicht geleert worden war.
Er sah sie ungläubig an, als sie ihm davon erzählte. Wieder glaubte er ihr nicht, war aber wenigstens bereit, sich selbst davon zu überzeugen, ob Paula die Wahrheit sagte oder nicht.

„Heute ist sowieso Freitag", meinte er. „also der Tag, an dem die Putzfrau kommt. Ich werde sie gleich selbst fragen, ob der Eimer geleert wurde oder nicht."

Paula hoffte inständig, die Putzfrau würde die Wahrheit sagen. Gottseidank wollte er sie fragen, ohne vorher darüber mit Mariella gesprochen zu haben. Auf diese Weise konnte Mariella vorher keine Absprachen mit ihr treffen und die Wahrscheinlichkeit war höher, dass sie die Wahrheit sagte.

Als die Putzfrau eintrudelte, verschwand Gunnar für längere Zeit. Die Minuten zogen sich für Paula wie eine Ewigkeit hin, in der sie zwischen Bangen und Hoffen schwankte. Nicht auszudenken, was passieren würde, wenn die Frau nicht die Wahrheit sagte. Endlich tauchte Gunnar wieder auf und zog ein grimmiges Gesicht.
Im ersten Moment dachte Paula, dass die Frau gelogen hatte und war den Tränen nahe.

„Was hat sie gesagt?", fragte sie ihn mit erstickter Stimme.
„Sie hat gesagt, dass sie es die letzten Male vergessen hat. Und dass sie früher

selbstverständlich immer den Eimer geleert habe."

Paula hätte jetzt triumphieren müssen – oder zumindest erleichtert sein müssen.
Aber sie fühlte nur eine große Leere in sich.
Ihre Kräfte waren vollständig verbraucht.

Und ihr graute vor der Vorstellung, den Rest ihres Arbeitslebens mit den Intrigen von Mariella verbringen zu müssen.

7

Der Weg in die Freiheit

Nach vielen Jahren fragte sie sich zum ersten Mal wieder, was sie eigentlich in dieser Firma hielt.

Sie hatte ihren Abschluss als Bürokauffrau vor der Industrie- und Handelskammer nachgeholt und die allgemeine wirtschaftliche Lage hatte sich enorm gebessert. Sie konnte also mit relativ wenig Aufwand eine neue Stelle finden – und eine zu besseren Konditionen sowieso.

Der einzige Grund, der bisher alles andere aufgewogen hatte, war Gunnar gewesen.
Aber von ihrer ursprünglichen Beziehung war nicht mehr viel übrig geblieben.
Er schien nicht mehr großartig an ihr zu hängen, sein Herz schlug nun wohl eher für Mariella.

Und sie selbst unterhielt sich schon lange
nicht mehr aus reiner Freude mit ihm,
sondern nur, um die Büroatmosphäre für sich
nicht noch zu verschlimmern.
Ihr kamen all die Streitereien in Erinnerung,
die vielen Male, bei denen er sie verletzt
hatte.

Hier zu bleiben würde an Masochismus
grenzen.

Die ganze Zeit über hatte sie sich unendlich
hilflos und verloren gefühlt, da sie keinen
Ausweg aus ihrer Situation gesehen hatte.
Denn vor dem einzigen Ausweg hatte sie die
Augen verschlossen.
Jetzt sah sie diesen Weg wieder klar und
deutlich vor sich.

Sie begann, sich zu bewerben. Und sie schwor
sich, in Zukunft ihre Energie und Kraft nur
noch für Menschen einzusetzen, die sie nicht
verletzten und bei denen sie sich wohl fühlte.
Sie hatte viel zu lange gelitten, ohne etwas
dagegen zu unternehmen.
Kaum hatte sie ihren Entschluss gefasst,
spürte sie ihre alte Lebensfreude
zurückkehren.

Das Schicksal schien auf ihrer Seite zu stehen, denn schon nach kurzer Zeit hatte sie ein Vorstellungsgespräch. Sie nahm sich einen Tag Urlaub unter dem Vorwand, sie müsste ihre Wohnung renovieren und die Handwerker beaufsichtigen.
Das Vorstellungsgespräch lief ganz gut und sie hatte Grund, sich Hoffnungen auf diese neue Stelle zu machen.

Als sie mit dem Auto nach Hause fuhr, tauchte wie aus dem Nichts ein schwarzer Vogel vor ihrem Wagen auf und knallte gegen die Windschutzscheibe.
Er war sofort tot.
So etwas war ihr noch nie passiert.

Spontan dachte sie, dass sie Officetec bald verlassen würde.

**

Am nächsten Morgen konnte sie Gunnar kaum in die Augen sehen. Sie war sehr traurig, so als ob sie sich schon von ihm getrennt hätte.
Dabei wusste sie ja noch gar nicht, ob sie den anderen Job tatsächlich bekommen würde.

Gunnar bemerkte ihre Niedergeschlagenheit, konnte sie aber nicht deuten. Er begriff nur, dass irgendetwas passiert war, von dem er nichts wusste.
Er wurde wütend. Ahnte er vielleicht sogar, was Paula getan hatte?
Paula riss sich zusammen, um seine mögliche Vorahnung zu zerstreuen und seine Wut abzublocken.
Sagen tat sie ihm nichts, denn es war viel zu gefährlich, ihm schon jetzt irgendetwas anzudeuten.

Tags darauf unterhielt er sich zum ersten Mal seit mehreren Monaten wieder während der Arbeitszeit mit ihr.
Auch in den Pausen war er auf einmal gesprächig und wollte sie in eine ihrer früheren Diskussionen verwickeln.
Anscheinend meinte er, sie mit ein paar netten Worten wieder „auf Kurs" bringen zu können, auf welche Weise sie auch immer von diesem Kurs abgekommen war.

Aber Paula blieb auf Distanz. Sobald sie sich wieder auf ihn einlassen würde, wäre doch alles nur so wie vorher.

Gelassen registrierte sie seine Versuche, erneut die Kontrolle über sie zu erlangen.

Denn dass hinter seinem Verhalten Gefühle für sie steckten, glaubte sie nicht mehr.
„Ich fange sogar langsam an, Homosexuelle zu akzeptieren", wollte er in der Mittagspause ein Gespräch mit ihr beginnen.
Sie sah ihn amüsiert an und erinnerte sich an ihre lange Diskussion über dieses Thema, in der er seine Verachtung gegenüber diesen Menschen zum Ausdruck gebracht hatte.
Jetzt wollte er ihr wohl zeigen, dass sie ihm etwas bedeutete, dass sie ihn verändert hatte.

Zu spät.

„Ach nee."
Sie grinste nur verächtlich.
Er sah, dass sie völlig unbeeindruckt war und wurde zornig.
„Nicht, dass ich diese Typen normal fände, aber ich beginne immerhin, ihre Existenz zu akzeptieren."
Paula schwieg.
Er begriff, dass sie im Gegensatz zu früher keine Lust mehr auf eine Diskussion mit ihm hatte.

Also versuchte er es auf andere Weise. Er spielte die erotische Karte aus.

Sie wusste es sofort, als er seine Hemdsärmel hochkrempelte. Und richtig, er begann, sich mit seiner linken Hand ganz leicht über seinen rechten Arm zu streichen und strahlte sie mit seinen braunen Augen an.
Paula erinnerte sich, wie fasziniert sie früher von diesem Schauspiel gewesen war.
Aber jetzt konnte sie dem Ganzen zusehen, ohne etwas zu empfinden. Während ihr Herz kalt blieb, arbeitete ihr Kopf.
Sie wusste, es war nur eine Frage der Zeit, wann sie eine neue Stelle finden würde, selbst wenn ihre erste Bewerbung erfolglos bliebe.

Das einzige, was sie hier noch erreichen wollte, war, ein gutes Zeugnis zu bekommen und die Firma in Frieden zu verlassen. Wenn sie Gunnar nun aber völlig zurückweisen würde, würde er ihr in den kommenden Wochen das Leben zur Hölle machen. Und ob sie dann noch ein gutes Zeugnis bekäme, stand in den Sternen.

Also tat sie so, als ob Gunnars Verhalten in ihr noch immer dasselbe Verlangen auslösen würde wie früher.

Anscheinend gelang ihr das Schauspiel genauso gut wie ihm seins, denn er lächelte siegesbewusst.

Am nächsten Tag fand sie eine Nachricht auf ihrem Anrufbeantworter. Eine freundliche Stimme teilte ihr mit, dass man sich für sie entschieden habe und sie doch bitte zurückrufen solle, wenn sie immer noch an der Stelle interessiert sei.
Es hatte tatsächlich geklappt. Und das bei der ersten Bewerbung. Paula konnte ihr Glück kaum fassen. Am nächsten Morgen rief sie die neue Firma vom Handy aus an und machte alles klar. Der Arbeitsvertrag sollte ihr in den nächsten Tagen zur Unterschrift zugesendet werden.

Um gemäß ihrem Arbeitsvertrag fristgemäß zu kündigen, musste Paula dem Junior bis Ende nächster Woche Bescheid geben.
Aber vorher wollte sie Gunnar darüber informieren. Sie wollte nicht, dass wichtige Dinge hinter seinem Rücken geschahen. Schließlich war er ihr nächster Vorgesetzter.

Sie wartete, bis Mariella ihre morgendliche Fahrt zur Post antrat und sie mit Gunnar allein war.

„Herr Fuhrmann", begann sie umständlich, „ich muss Ihnen etwas sagen. - Ich werde zur Mitte nächsten Monats kündigen."

Erstaunlicherweise nahm er ihre Mitteilung ganz entspannt auf und lächelte sogar.
„Haben Sie bereits dem Junior Bescheid gegeben?", fragte er nur.
„Nein, um die Kündigungsfrist zu wahren, muss ich das erst nächste Woche tun", antwortete sie. „Ich wollte aber, dass Sie es zuerst erfahren."
„Das ist aber schlecht", meinte er.
„Wieso?"
„Der Junior wird mich in jedem Fall fragen, ob ich schon früher von der Kündigung gewusst habe. Und ich will ihn nicht anlügen. Außerdem bin ich verpflichtet, ihm alle wichtigen Sachen mitzuteilen, die ich erfahre."
Er sah sie erwartungsvoll an.
Paula seufzte. Noch nicht einmal eine kleine Notlüge wollte er ihr als Gefallen erweisen. So weit war es schon zwischen ihnen gekommen.

„Das war mein Risiko, dass Sie so reagieren würden", sagte sie enttäuscht. „Dann muss ich die Sache eben jetzt hinter mich bringen."

Sie griff zum Hörer. „Herr Brauer, kann ich Sie mal vorne im Büro des Seniors sprechen?"

„Ja, ich komme."
Sie teilte ihm kurz und bündig mit, dass sie die Firma Mitte nächsten Monats verlassen würde.
Als er nach ihren Gründen fragte, teilte sie ihm mit, dass das Verhältnis zu Frau Orlowski unerträglich geworden sei und sie eine attraktive Stelle an ihrem jetzigen Wohnort gefunden habe.
Er stellte ihr keine weiteren Fragen. Der erwartete Wutausbruch blieb aus und sie dachte noch, dass doch alles viel einfacher ging, als sie befürchtet hatte.

Gunnar und der Junior schienen ihre Kündigung zu akzeptieren. Um sicher zu gehen, setzte sie sie noch einmal schriftlich auf und gab dem Junior den Brief Anfang der nächsten Woche.
Tags darauf, Mariella war wieder unterwegs, rief er sie in sein Büro.
„Wie kommen Sie eigentlich darauf, dass Sie schon Mitte des nächsten Monats gehen können?", fuhr er sie an.
Sie antwortete ihm ganz ruhig, dass in ihrem Arbeitsvertrag nur eine einmonatige

Kündigungsfrist vereinbart sei und nach der gesetzlichen Regelung eine Kündigung jeweils zum 15. oder zum Ende des Monats möglich sei.
Er nahm ihre Antwort schweigend zur Kenntnis.

In den nächsten Tagen verhielt er sich äußerst aggressiv ihr gegenüber. Sie strengte sich an, die Ruhe zu bewahren.
Es sah fast so aus, als müsste sie die Firma doch noch in Unfrieden verlassen.

Aber nach ein paar Tagen schien er sich wieder beruhigt zu haben.
Dafür zog nun Gunnar ein äußerst missmutiges Gesicht. Sie musste all ihr Können aufwenden, um ihn zu einem halbwegs normalen Verhalten zurückzubringen.
Ihre Bemühungen um Frieden mit ihm schien Gunnar glauben gemacht zu haben, dass sie ihre Kündigung unter gewissen Umständen rückgängig machen würde.

Er setzte nun alles daran, ihr die Gefahren eines Wechsels zu zeigen und ihr Angst einzujagen.

„Eine Kündigung ist immer eine gewagte Sache", gab er zu bedenken. „Man kann den neuen Job schließlich auch wieder verlieren. Dass Sie die neue Stelle bekommen haben, ist keine Garantie dafür, dass Sie sie auch behalten werden."
„Ja, das ist richtig", stimmte sie ihm zu. „Aber ist das nicht bei jedem Wechsel so?"
Er schwieg.
„Es gibt sehr schlechte Menschen...", meinte er vage.
Das musste er ihr wirklich nicht mehr erzählen, sie hatte bei der Firma Officetec genug von der Sorte kennengelernt.

Anscheinend fiel ihm nun nichts mehr ein, wie er sie zur Rücknahme der Kündigung bewegen könnte und so wechselte er das Thema.
„Hatten Sie ihr Vorstellungsgespräch eigentlich an dem Tag, an dem Sie angeblich wegen Ihrer Wohnungsrenovierung Urlaub genommen hatten?"
Paula nickte. „Ja."
„Und das war ihr erstes Vorstellungsgespräch?"
Wiederum nickte sie.
Er sah sie ungläubig an.
„Die wirtschaftliche Lage hat sich mittlerweile gebessert, Herr Fuhrmann", erklärte sie ihm.

„Es ist nicht mehr so schwer zu wechseln. Und warum sollte ich mir das hier länger antun? Frau Orlowski arbeitet jetzt seit mehr als einem Jahr hier vorne und unser Verhältnis hat sich ständig verschlechtert. Ich glaube nicht, dass sich daran in Zukunft etwas ändern wird. – Und die Geschichte mit der Damentoilette hat mir den Rest gegeben. Sie können sich nicht vorstellen, wie wütend ich war. Und wie enttäuscht von Ihnen."
„Frau Orlowski war auch sehr enttäuscht von mir", wandte er ein.
„Ja, sicher." Paula hatte nichts anderes erwartet. „Ich verstehe schon, in welcher kniffligen Lage Sie sich befanden. Da sind zwei Frauen, die sich nicht ausstehen können. Wie kann man da wissen, wem man glauben soll? Aber es ist eben letztlich entscheidend, wem man vertraut. Und Sie haben ihr mehr vertraut als mir. Das hat mir den Boden unter den Füßen weggezogen. – Ich habe nie an dieser Firma gehangen, Herr Fuhrmann. Ich habe immer nur an einer Person gehangen."

Er schwieg betroffen. Dann fasste er sich und grinste.
„Na, dann können Sie Frau Orlowski ja richtig dankbar sein, dass Sie durch sie noch den

Absprung geschafft haben. Gerade noch rechtzeitig."
Sie wusste, er spielte auf ihr Alter an.
„Ich bin ja schließlich noch keine 40 Jahre alt", erwiderte sie empört. „So schlecht sind die Chancen für über 30jährige auf dem Arbeitsmarkt nun auch wieder nicht."
Er ging nicht weiter darauf ein und wurde stattdessen wieder ernst.
„Und Sie haben es geschafft, dass Frau Orlowski nun nicht mehr als das Unschuldslamm angesehen wird."
Paula war verblüfft.
„*Das* haben Sie wirklich geglaubt?"
Sie hatte eine bessere Menschenkenntnis von ihm erwartet.

Er schwieg.

Paula war gespannt, ob ihm noch etwas einfallen würde, um ihren Wechsel zu verhindern. Sie musste gar nicht lange warten.
„Wie kommen Sie eigentlich darauf, dass Sie schon zur Mitte des nächsten Monats kündigen können?", fragte er sie scharf.
Die Frage kam ihr bekannt vor, hatte sie doch bereits der Junior gestellt. Sie antwortete in derselben Weise, wie sie dies schon

gegenüber dem Junior getan hatte.
Obwohl sie natürlich wusste, dass ihre Kündigungsfrist mittlerweile durch die mehrjährige Arbeit in dieser Firma auf zwei Monate angestiegen war. Aber das brauchte ja niemand zu wissen.

Gunnar gab sich mit ihrer Antwort nicht zufrieden.
„Ihr Arbeitsvertrag wurde zu einer Zeit geschlossen, als nur die Kündigung zum Monatsende möglich war und dieser Termin sollte damals auch gelten. Ich glaube nicht, dass der Junior Sie schon Mitte des Monats gehen lässt."
Seine Augen funkelten herausfordernd.
Da war er wieder, ihr altbekannter Kollege: Wenn er seinen Willen nicht auf die sanfte Tour bekam, wurde eben gedroht und gewütet.

Für was hielt er sie eigentlich? Für ein kleines Mädchen, das nach seiner Pfeife tanzte?
Dies hier war ihr letzter Kampf mit ihm und diesmal würde *sie* gewinnen, dessen war sie sich sicher.
Noch niemals zuvor hatte sie sich ihm so überlegen gefühlt, hatte sie so viel Kraft in sich gefühlt.

Sie hatte sich entschlossen, in die Freiheit zu fliegen und niemand würde sie davon abhalten.

So war wohl auch Gunnar überrascht von dem Wutausbruch, der nun folgte.

„Sie glauben doch wohl nicht im Ernst, dass ich noch nach Mitte des Monats hier sitze, egal was der Junior macht", tobte sie los. „Was will er denn tun? Will er vor Gericht gehen? Und was will er da gegen mich durchsetzen? Etwa Schadensersatz dafür, dass ich zwei Wochen eher gehe als ich ohnehin auch nach ihrer Meinung gehen könnte? Das ist ja wohl lächerlich. Sie wissen ganz genau, dass ein Betrieb so organisiert sein muss, dass er so eine Abwesenheit eines Mitarbeiters überbrücken kann. Ich könnte ja auch zwei Wochen im Urlaub sein."
Und wieder ruhiger: „Außerdem würde sich der Junior ins Knie schießen, wenn er mich dazu zwingen würde, bis zum Ende des Monats zu bleiben."
Gunnar sah sie überrascht an.
„Warum?"
Paula lächelte siegesgewiss.
„Weil ich ihm dann nicht anteilig das Weihnachtsgeld des letzten Jahres

zurückzahlen müsste, wie das der Fall wäre, wenn ich vorher gehe."
Gunnar war verblüfft.
„Sie wissen, dass Sie das Geld zurückzahlen müssen?"
Wieder einmal hatte er sie anscheinend unterschätzt.
„Ja, natürlich. Ich habe doch jedes Jahr den entsprechenden Wisch vom Senior unterschrieben."

Gunnar schwieg.

Genau wie Paula wusste er, dass sich der Junior eine solche Rückzahlung nicht entgehen lassen würde.
Zumal sie anscheinend nicht davon abzuhalten war, die Firma zu verlassen.

Ein paar Tage später sah sie, wie Gunnar mit der Ausrechnung des von ihr zurückzuzahlenden Weihnachtsgelds beschäftigt war.
Erstaunt registrierte sie, dass er Tränen in den Augen hatte. Sie erinnerte sich, dass er ihr einmal erzählt hatte, er weinte niemals.

War da etwa doch noch ein Rest Gefühl für sie übrig?

Sie schob diesen Gedanken beiseite, hatte sie sich doch fest dazu entschlossen, keine Gefühle mehr für ihn zuzulassen.
Jetzt zählte allein, dass sich der Junior dazu entschlossen hatte, sie ohne weitere Auseinandersetzung gehen zu lassen.

Ihr fiel ein Stein vom Herzen.

**

Die folgenden Wochen verliefen sehr harmonisch. Ihr Verhältnis zu Gunnar war fast so schön wie in der ersten Zeit ihres Verliebtseins.
Genau wie Paula hatte Gunnar das Bedürfnis, sich in der verbleibenden Zeit so intensiv wie möglich mit ihr zu unterhalten. Immer wieder musste sich Paula daran erinnern, dass dies hier ein Abschied war. Es gab kein Zurück.
Und seltsamerweise spürte sie keinen Schmerz. Anscheinend fiel ihr die Trennung leichter als gedacht.
Ganz anders schien es Gunnar zu gehen.

„Ich hab´ zu nichts mehr Lust", gestand er ihr leise. „Es macht alles keinen Spaß mehr."
„Warum?", fragte sie ihn herausfordernd.

Nach allem, was passiert war, konnte sie nicht mehr glauben, dass er sie liebte. Und falls es trotzdem so war, sollte er es offen bekennen. Aber auch jetzt war er dazu nicht in der Lage.

Er schwieg.

Dann erzählte er ihr, dass er den ganzen vergangenen Abend damit zugebracht hatte, sich Klaviermusik anzuhören.
Es war wohl seine Art, von ihr Abschied zu nehmen.

Während sich das Verhältnis zwischen Paula und Gunnar intensivierte, benahm sich Mariella immer reservierter ihm gegenüber.
„Ich weiß schon, warum sie das tut", seufzte Gunnar, „aber ich habe jetzt einfach keine Lust, mich mehr mit ihr zu beschäftigen."
„Ist das nicht schön, gleich von zwei Frauen so umschwärmt zu werden?", neckte Paula ihn.
„Nein, darauf könnte ich gut verzichten", antwortete er ernst.

„Ich verstehe nicht, warum Mariella immer noch ihr altes Spielchen weiterspielt", meinte Paula ebenfalls wieder ernst. „Sie hat doch in der Zwischenzeit mitbekommen, dass ich gehe. Es kann ihr also völlig egal sein, wie ich

mich jetzt noch benehme."
Aber Mariellas Hass war anscheinend so groß, dass sie sich nicht anders verhalten konnte.

„Ich bin froh, wenn die paar Wochen endlich um sind", stöhnte Mariella tags darauf Gunnar vor, laut genug, dass Paula es auch noch hören konnte. Es war offensichtlich, dass Gunnar ihr zur Beruhigung genau das mitgeteilt hatte, was Paula ihm gesagt hatte.

„Ist das wirklich wahr?", fragte Gunnar nur.

**

Seit fast zwei Jahren nun hatte Paula kein einziges privates Wort mehr mit Mariella gewechselt und sie war der festen Überzeugung gewesen, dass dies auch bis zu ihrem letzten Arbeitstag nicht mehr geschehen würde.
Umso überraschter war sie, als Mariella in ihr Büro kam, als Gunnar einen Tag außer Haus war.

„Sie kündigen doch nicht etwa wegen mir?", begann sie das Gespräch ohne weiteres.
„Doch." Paula sah keinen Grund, ihr nicht die Wahrheit zu sagen.

Skeptisch musterte Mariella sie.
„Das kann ich nicht glauben. Sie verstehen sich doch hier super mit jedem – mit dem Junior, Herrn Fuhrmann, den Leuten vom Lager, den Verkaufssachbearbeitern."
„Ich habe keine Lust mehr, dauernd ihre Angriffe über mich ergehen zu lassen", erwiderte Paula.
Mariella lachte bitter auf.
„*Sie* greifen mich doch dauernd an."

Paula hatte schon mit einer ähnlichen Antwort gerechnet. Sie hatte geahnt, dass Mariella nicht mehr dazu in der Lage war, die Situation realistisch einzuschätzen.
„Nein, ich wehre mich nur gegen Sie. Und ich habe es einfach satt, in so einem Klima arbeiten zu müssen", meinte sie ruhig.
Hatte ihre Antwort Mariella zum Nachdenken gebracht?
Jedenfalls schwieg sie für einen Augenblick.
„Ich will mit dieser Angelegenheit nicht in Verbindung gebracht werden", sagte sie schließlich.

Das konnte Paula sich gut vorstellen. Ein wesentliches Element in ihren Kämpfen um die Durchsetzung ihrer Interessen war es immer gewesen, dass sie als die liebe,

unschuldige Mitarbeiterin galt, die niemandem etwas Böses tun konnte.
Sie hatte Angst, die anderen könnten nun ihr wahres Gesicht sehen.

„Was erwarten Sie denn eigentlich von mir?", meinte Mariella unvermittelt. „Soll ich etwa wieder so freundlich zu Ihnen sein wie früher, als wir uns kennengelernt haben?"
Sie verzog spöttisch ihr Gesicht.
Ehrlich gesagt erwartete Paula gar nichts mehr von ihr. Schön wäre es nur, wenn sie sie in den letzten Tagen in Ruhe lassen würde. Und dieses Gespräch hier war alles andere als das.

„Es ist ohnehin egal, wie Sie sich jetzt verhalten, ich hab´ ja sowieso gekündigt", erwiderte sie unwillig.
Aber Mariella ließ nicht locker.
„Aber wenn Sie nicht gekündigt hätten, wie sollte ich mich dann Ihrer Meinung nach benehmen?"
Paula merkte, dass sie sie das jetzt ernsthaft fragte, also antwortete sie ebenso.
„Es hätte mir schon gereicht, wenn Sie mir gegenüber keinen Hass mehr gezeigt hätten. – Sie haben sich ja schon davor geekelt, mir einen neuen Stift zu geben, wenn ich Sie

darum gebeten habe."

Mariella sah sie verblüfft an.
„Ja, das ist wahr. Aber ich kann nicht glauben, dass Sie allein deshalb gekündigt haben. Warum haben Sie nicht gekämpft?"
Kämpfen, kämpfen, kämpfen. In dieser Firma schien es nichts anderes zu geben. Mein Gott, wie sehr hatte Paula das satt.
„Um was hätte ich denn kämpfen sollen? Ich wollte nicht beim Junior oder in einem anderen Büro sitzen und die Sachen, die ich hier mache, sind auch okay."

Mariella zögerte einen Moment.
„Ich weiß ja nicht, in welchem Verhältnis Sie zu Herrn Fuhrmann stehen…"
Paula traute ihren Ohren nicht. Glaubte sie allen Ernstes, sie würde ihr etwas über ihre Beziehung zu Gunnar erzählen? Nur mit Mühe konnte sie ihren wiederaufkeimenden Hass im Zaum halten.

Aber sie begriff. Mariella meinte wohl, dass sie gegen sie um Gunnar hätte kämpfen müssen, so wie damals Frau Hansmann gegen Lisbeth um die Gunst des Seniorchefs.
Es war nicht das erste Mal, dass ihr bewusst wurde, welche Welten zwischen ihrer und

Mariellas Lebensauffassung lagen. Um einen Mann kämpfen – glaubte sie etwa ernsthaft, dass sich das lohnte?
Paula jedenfalls wusste aus Erfahrung, dass Männer ohnehin nichts wert waren, die das verlangten.
Sie betrachtete Mariella abschätzig, schwieg aber.
Mariella ahnte, dass sie einen Schritt zu weit gegangen war und setzte das Gespräch anders fort.

„Sie hätten doch erst einmal nur mit einer Kündigung drohen können", sagte sie. „Was hat denn der Junior dazu gesagt? Hat er Sie nicht darum gebeten zu bleiben?"
„Der Junior weiß, dass ich das meine, was ich sage. Wenn ich sage, ich kündige, dann meine ich das auch so."
Paulas Augen funkelten. Sie hatte sich einen Seitenhieb auf Mariellas gegenteiliges Verhalten nicht verkneifen können.

Aber Mariella hatte wohl keine Lust, mit ihr zu streiten. Zu neugierig war sie, die Details ihrer Kündigung zu erfahren.
„Sind Sie sich denn sicher, dass Sie wieder eine Arbeit finden werden?", fragte sie stattdessen.

„Wieso denn nicht? Das ist hier schließlich nicht der erste Betrieb, in dem ich arbeite."

Mariella schien wohl wirklich zu glauben, dass es unmöglich war zu wechseln.
„Ja, aber davor haben Sie nur ein Jahr lang woanders gearbeitet. Das zählt so gut wie überhaupt nicht."
„Ich habe aber schon eine neue Stelle", schnitt Paula ihre weiteren Ausführungen zu diesem Thema ab.
Mariella starrte sie fassungslos an.
„Wirklich?"
„Natürlich. Man kündigt doch nicht, ohne eine andere Stelle zu haben. Jedenfalls nicht, so lange sich das irgendwie einrichten lässt."
Paula tat äußerst abgebrüht und weidete sich an Mariellas Überraschung.

„Und die neue Stelle ist jetzt da, wo Sie wohnen?", wollte Mariella wissen.
„Ja."
„Und Sie verdienen besser als hier?"
„Ja, viel besser."
Paula grinste. Sie sah das neiderfüllte Gesicht von Mariella und genoss es, ihr zu zeigen, dass es ihr bald besser gehen würde als ihr in dieser Klitsche. Schadenfreude war schließlich die schönste Freude.

„Sie sind komisch", erwiderte Mariella daraufhin nur.
Vielleicht wurde ihr klar, dass sie Paula noch nie wirklich verstanden hatte.
Wie sollte sie auch?
Mariella verstand sich in erster Linier als Frau im traditionellen Sinn, Paula sah sich als Mensch.

**

Die Tage verstrichen und langsam rückte Paulas letzter Arbeitstag näher. Es wurde Zeit, sich darüber Gedanken zu machen, wie sie die Firma verlassen wollte.
Eigentlich wäre es üblich, einen Ausstand zu geben. Und abgesehen von Mariella hatte sie zu den anderen Mitarbeitern ja kein schlechtes Verhältnis gehabt. Andererseits war so ein Ausstand immer eine quasi halboffizielle Angelegenheit, die nicht veranstaltet werden konnte, ohne dass ihre Vorgesetzten wenigstens damit einverstanden waren.

Ihre Vorgesetzten – das war zunächst einmal Gunnar. Sie ahnte schon, dass er von einer solchen Veranstaltung nicht begeistert sein würde und sie sollte Recht behalten.

„Das würde ich besser nicht machen", sagte er auf ihre entsprechende Frage. „Der Junior ist bestimmt nicht in der besten Stimmung, wenn er sie gehen lassen muss. Und dann noch Frau Orlowski…Außerdem habe ich sowieso nie verstanden, wieso man einen Ausstand gibt. Weil man die Firma verlässt, in der man es nicht mehr aushält? Einen Einstand in der neuen Firma finde ich passender, um einen Wechsel zu feiern."

Nun gut, dann würde sie eben keinen Ausstand geben. Aber heimlich wollte sie auf keinen Fall gehen. Ihr war schon klar, dass es den Chefs am liebsten wäre, wenn niemand vorher etwas von ihrer Kündigung erfahren würde.

Wie satt sie diese Spielchen hatte!

Doch was hielt sie eigentlich davon ab, offen und ehrlich und im aufrechten Gang die Firma zu verlassen? Niemand konnte ihr mehr mit irgendwelchen Konsequenzen drohen, sie war frei wie nie zuvor.
Und sie würde diese Freiheit nutzen, um sich so zu verabschieden, wie sie das wollte.

Als erstes informierte sie den Verkaufssachbearbeiter.
„Das finde ich toll, dass sie gehen", meinte er anerkennend. „Mal abgesehen von den Spielchen, die zwischen Ihnen und Frau Orlowski gelaufen sind – es wird höchste Zeit, dass der Junior merkt, dass man nicht auf ihn angewiesen ist. Dass er auch irgendwie von uns abhängig ist."

Um die Fahrer und Lagerarbeiter zu informieren, teilte sie eine Woche vor ihrem letzten Arbeitstag dem Lagerarbeiter Herrn Nissen mit, dass sie gekündigt hatte.
Sie wusste, er war äußerst geschwätzig und binnen kürzester Zeit würde der Rest der Truppe Bescheid wissen.
Zu ihrer Überraschung standen ihm die Tränen in den Augen, als er sich alles angehört hatte.

„Ich verstehe Frau Orlowski nicht", meinte er nur. „Wie kann sie so dumm sein und sie vertreiben? Nun muss sie demnächst die ganze Arbeit allein erledigen. Wer weiß, ob der Junior noch einmal Ersatz für sie einstellt."
Trotz seines rührenden Gefühlsausbruchs - wie erwartet, war auch diesmal auf die Geschwätzigkeit von Herrn Nissen Verlass und

die Nachricht von ihrer Kündigung ging im Lager um wie ein Lauffeuer.

Nur leider schoss er über das Ziel hinaus. Die Gelegenheit, unter Umständen mehr Wissen zu besitzen als die anderen Mitarbeiter war für ihn zu verlockend, um sie nicht auch auszunutzen.
Schließlich war Wissen Macht. So dauerte es nur ein paar Stunden, bis er bei Gunnar und Paula im Büro auftauchte.

„Wissen Sie schon, dass Frau Römer uns nächste Woche verlässt?", fragte er Gunnar scheinheilig.
Paula runzelte die Augenbrauen. Hielt Herr Nissen sie wirklich für so dumm, dass sie als erstes ihn und nicht Gunnar von der Kündigung informiert hatte?

Oder wollte er die Chance nutzen, Gunnar damit zu ärgern, dass er etwas wusste, das er eigentlich nicht wissen sollte?
Letzteres schien ihm jedenfalls zu gelingen.

„Wer hat Ihnen das erzählt?", fuhr Gunnar ihn böse an.
„Frau Römer selbst", antwortete er scheinbar unschuldig.
„So, so".

Nun traf Paula Gunnars böser Blick.
Herr Nissen dagegen freute sich augenscheinlich über den Staub, den er aufgewirbelt hatte und verließ bester Laune das Büro.

„Das hätte er doch ohnehin nächste Woche erfahren", versuchte Paula Gunnar zu besänftigen.
„Der Junior möchte aber nicht, dass die Leute so etwas erfahren, bevor er es ihnen sagt", erwiderte er.

Besser gesagt, *Du* willst das nicht, dachte Paula.
„Wieso? Frau Orlowski hat er das schließlich auch schon mitgeteilt", erwiderte sie stattdessen in ruhigem Ton. „Es geht doch nur um ein paar Tage."

**

Schließlich war es so weit, ihr letzter Arbeitstag brach an.
Wenn es irgend möglich war, wollte sie nicht mehr mit Frau Orlowski sprechen. Der Seniorchef und Frau Hansmann waren glücklicherweise an diesem Tag nicht im Hause und von dem Juniorchef und den

anderen Mitarbeitern würde sie sich nachmittags verabschieden.

Aber was war mit Gunnar? Sie konnte sich nicht vorstellen, ihn mit einem einfachen Händedruck zu verlassen, so wie sie das mit den anderen vorhatte.
Er war für sie immer etwas Besonderes gewesen, war es jetzt noch, trotz allem. Am liebsten hätte sie ihn zum Abschied in den Arm genommen, aber sie wusste, dass sie im entscheidenden Moment dazu nicht fähig war.
Außerdem ahnte sie, dass sie beide in den letzten Minuten wahrscheinlich nicht alleine sein würden, irgendein Mitarbeiter oder der Junior wären sicherlich bei ihnen.

Sie wollte sich aber alleine und ungestört von ihm verabschieden.

Schließlich hatte sie sich dafür entschieden, ihm ein Abschiedsgeschenk zu überreichen, wenn Mariella auf ihrer morgendlichen Tour zur Post aus dem Haus war.
Was das sein könnte, war ihr vor ein paar Tagen eingefallen, als sie die Zeit mit ihm in ihrem Kopf hatte vorüberziehen lassen und jede Menge Bilder aufgetaucht waren.

Bilder eines wilden, kämpferischen Mannes, der doch in seinem Innern äußerst verletzlich und zärtlich war.
Und plötzlich musste sie an Norwegen denken, dieses Land, das sie so sehr liebte. Dieses Land mit seiner harten, unerbittlichen Natur, die in einem Moment gefährlich sein konnte und im nächsten Augenblick mit ihren tiefen Fjorden bezauberte, in denen sich bei schönem Wetter die Berge spiegelten.
Norwegen, das Land der Wikinger.

Ihr Blick war auf eine kleine Zinnfigur in einem ihrer Regale gefallen, die ihre Eltern ihr einmal aus einem ihrer Urlaube mitgebracht hatten.
Sie hatte lächeln müssen.

Auf dem kräftigen Männerkopf prangte der typische zweihornige Helm und die Figur schaute finster drein, mit dem erhobenen Schwert in einer Hand, kampfbereit.
Wer wusste schon, vielleicht war ja einer der Vorfahren Gunnars Wikinger gewesen…
Sie hatte die kleine Zinnfigur in die Hand genommen und sie in Geschenkpapier eingewickelt.

Nun legte sie ihm das winzige Päckchen auf den Tisch, als Mariella zur Post gefahren war.

„Das ist ein Abschiedsgeschenk für sie", sagte sie lächelnd.
Er schwieg und blickte grimmig drein. Ihr stockte der Atem. Es schien so, als wollte er ihr Geschenk nicht annehmen.
Mit einer solchen Reaktion hatte sie nicht gerechnet.

„Es ist nur eine Kleinigkeit", schob sie schnell nach. Er sollte sich nicht irgendwie verpflichtet fühlen.
„Danke", erwiderte er kurz angebunden und steckte das Päckchen ein. „Ich werde es zu Hause in aller Ruhe aufmachen."
„Es ist etwas, das Ihnen sehr ähnlich sieht", bemerkte sie noch.
„Na, da bin ich ja mal gespannt, wie Sie mich sehen", antwortete er wieder in halbwegs normalem Ton.

Wie geplant, machte sie nachmittags ihre Runde durch die anderen Büros und das Lager und verabschiedete sich von allen Mitarbeitern und dem Junior.
Der Junior wünschte ihr noch viel Glück und frotzelte sogar, ob es denn keinen Ausstand geben würde. Von Wut auf sie, so wie Gunnar ihr das hatte glauben machen wollen, konnte jedenfalls keine Rede sein.

Als einer der Lkw-Fahrer zu Mariella nach vorne ins Büro kam und keine Anstalten machte, sich von Paula zu verabschieden – das hatte er ja schon im Lager getan – fragte ihn Mariella, ob er denn nicht wüsste, dass Paula heute ihren Letzten hätte.
Er lachte nur. „Was Sie nicht sagen!"

„Er weiß doch Bescheid?", hakte Gunnar bei Paula nach und sah ihr forschend ins Gesicht.
„Natürlich."
Sie konnte sich ein Grinsen nicht verkneifen. Sowohl Mariella als auch Gunnar hatten wohl nichts davon mitbekommen, dass sie sich zwischenzeitlich von allen verabschiedet hatte.
Ein bisschen stolz war Paula schon darauf, dass ihr das gelungen war.

Für Mariella war das Grund genug, ein letztes Mal zu toben.
Wutentbrannt stürmt sie aus dem Büro. Paula war erleichtert. Das war genau die Art der Trennung, die sie sich gewünscht hatte. Sie entsprach ihrem Verhältnis und war ehrlicher als ein Handschlag, den sie sich sonst der Höflichkeit halber hätte abringen müssen.

Mittlerweile war auch der Junior nach vorne gekommen und sie sagte ein letztes Mal „Tschüss" zu ihm und Gunnar, dem sie nur kurz die Hand drückte.
Wie sie geahnt hatte, war sie zu mehr nicht fähig.

„Wenn Sie feststellen sollten, dass es bei uns doch am besten ist", meinte der Junior noch, „dann können Sie selbstverständlich jederzeit zurückkommen."
Paula verkniff sich die passende Antwort und sagte nur: „Ja, danke."

Im Hinausgehen sah sie aus den Augenwinkeln, wie Gunnar ihr wütend nachsah.
Es geschah etwas gegen seinen Willen und er konnte nichts dagegen tun. Vielleicht tat es ihm auch weh, sie gehen lassen zu müssen. Soweit sie wusste, war es schließlich das erste Mal, dass eine Frau *ihn* verließ und nicht umgekehrt.

Aber sie wusste, dass sie sich um ihn keine Sorgen machen musste. Selbst wenn ihm der Abschied weh tun sollte, er war kein Typ für lange Tage der Verzweiflung. Er war bisher mit allem fertig geworden und er würde auch diesen Kampf gewinnen – den Kampf gegen seinen eigenen Schmerz.

**

Als die Tür hinter ihr ins Schloss fiel, fühlte sie sich unendlich frei.
Niemand würde sie mehr drangsalieren, nie wieder müsste sie in intriganten Spielchen mitspielen, endlich konnte sie aufhören zu kämpfen.
Aber sie würde auch Gunnar nie wiedersehen, niemals mehr mit ihm herumalbern, sich mit ihm halb zu Tode diskutieren.
Das hatte sie die ganze Zeit schon gewusst, aber ihre Freude auf ihre Freiheit hatte alles andere in den Hintergrund gedrängt.

Nun *war* sie frei.

Doch nachdem sie die ersten Minuten dieser Freiheit genossen hatte, brach mit aller Macht das Bewusstsein eines großen Verlusts über sie herein.

Der Schmerz traf sie völlig unvorbereitet. Sie hatte sich eingebildet, mit allem gut fertig zu werden, die Trennung gut verkraften zu können.

Und nun saß sie zu Hause auf dem Boden und konnte nicht mehr aufhören zu weinen. Eine Flut von Bildern wirbelte durch ihren Kopf, Bilder von Gunnar und ihr. Und es hämmerte in ihrem Kopf.
Nie wieder.
N i e wieder.

Hatte sie zunächst noch gedacht, sie würde sich nach ein oder zwei Tagen im Griff haben, musste sie sich bald eingestehen, dass es noch lange Zeit dauern würde, bis sie den Schmerz überwunden haben würde.

Aber sie war kein Teenager mehr. Sie war auch schon früher verliebt gewesen, nur hatte sie vielleicht noch niemals geliebt.

Sie wusste: Die Zeit war auf ihrer Seite.

Wie lange es auch immer dauern würde, irgendwann würde es aufhören. Irgendwann würden Tage kommen, an denen sie gar nicht mehr an ihn denken würde. Irgendwann würde sein Gesicht nur noch gelegentlich auftauchen. Und irgendwann würde er ganz aus ihrem Alltag verschwinden, herabsinken in die tiefsten Untiefen ihrer Seele, die sie nur äußerst selten besuchte.

Sie durfte nur nicht den Fehler begehen, in irgendeiner Form wieder Kontakt mit ihm aufzunehmen. Sonst könnte ihre verletzte Seele niemals heilen.

Doch wozu sollte sie dies auch tun? Er würde sich niemals von seiner Frau trennen und ob er sie überhaupt jemals geliebt hatte, wusste sie nach den letzten Wochen nicht mehr. Und eine Freundschaft welcher Art auch immer würde er ohnehin ablehnen.
Seine Warnung kam ihr in den Sinn. Es ist schwer, Liebe in Freundschaft zu verwandeln. Man muss es dann nämlich schaffen, das Gefühl der Liebe von der Person zu trennen, die man liebte.

Manchmal fragte sie sich, warum sie sich überhaupt auf ihn eingelassen hatte. Es war doch von vorneherein klar gewesen, dass sie nicht zusammen passten.

Aber sie hatte ihn nicht geliebt, weil sie zueinander passten. Sie hatte ihn einfach geliebt.

Sie hatte ihn so geliebt, als hätte sie einen Teil ihrer Seele wiedergefunden, der ihr schon kurz nach der Geburt abhanden gekommen war, hinweg gerissen vom Strom des Lebens und nach Jahrzehnten an das gleiche Ufer gespült, an das er auch sie geworfen hatte. Nun hatte der Fluss ihn zum zweiten Mal von ihr fortgerissen.

Doch wollte sie tatsächlich zurück zu dem, was sie hatten? Wollte sie ständig mit ihm kämpfen, ständig verletzt werden? Wollte sie seine abstrusen Meinungen ertragen?

Allein bei der Vorstellung sträubten sich ihr schon die Nackenhaare.
Aber was war es dann, das sie so schmerzlich vermisste?

Es war das *Gefühl*, dieses einzigartige, unbeschreibliche Gefühl.

Das Einssein mit einem anderen Menschen.
Die unbändige Freude des Zusammenseins.
Das tiefe Wissen um die Seele des anderen, das der andere auch um sie selbst hatte.
Das Gefühl von Geborgenheit.

Die Liebe an sich.

Weitere Bücher und Texte unter:

www.facebook.com/heller.gudrun